猫かぶり御曹司の契約恋人

Miu & Nakaba

加地アヤメ

Ayame Kaji

EB
エタニティ文庫

目次

猫かぶり御曹司の契約恋人

一

「お休み!?」

仕事を終えて、意気揚々と向かったお気に入りの居酒屋は臨時休業していた。

私――浅香美雨は、灯り一つ点っていない店の前で呆然とする。

今日は朝から、この店の揚げ出し豆腐と、日本酒を楽しみに一日頑張ったのに……

でも休みなら仕方ない。それなら別の店に行けばいいだけのことだ。

私は気持ちを切り替えて、すぐ近くにある別の居酒屋へ向かった。

しかし、なんとそこもお休み。ならばと、入ったことのない居酒屋の暖簾をくぐるが、そこは満席で一時間は待つとのこと。

――な、なんで？　神様は私に今日は真っ直ぐ家に帰れと言ってるのか？

しょぼんと肩を落として歩き出した時、いつもは気にも留めない路地の奥に、「ＢＡＲ」と書かれた看板が見えた。

――あ……あんなところにバーがある。

コンクリート打ちっぱなしの外壁に、存在感のある木製のドア。そこに、「OPEN」という札が下げられていた。なんともおしゃれな雰囲気を醸（かも）し出している店の外観に、思わず自分の格好をチェックしてしまう。

今日の私は白いシャツに、足首丈のカーキ色のパンツ。カジュアルだけどラフすぎない服装だ。これだったら、おしゃれなBARでもたぶん浮かないはず。

――よし、行こう！

自分にGOサインを出し、私は思い切って店のドアを開ける。すぐにボトルがずらりと並んだバーカウンターが目に飛び込んできた。

「いらっしゃいませ」

カウンターの中にいる若い男性が、柔らかく微笑んで声をかけてくる。

「こんばんは……」

やや緊張しながら、笑顔を作って会釈（えしゃく）した。

こぢんまりした店内は広いバーカウンターと、奥にいくつかテーブル席があるようだ。どこに座ろうか迷っていたら、最初に声をかけてくれた男性に「お好きなところへどうぞ」と言われたので、カウンターの端っこに腰を下ろした。

いつも居酒屋にばかり行っているせいか、こういったおしゃれな雰囲気は落ち着かない。

しかし、手渡されたメニューに目を通した途端、私のテンションが一気に上がった。

——日本酒がある！

「すみません、この日本酒を冷やでください」

「かしこまりました」

さっきの男性店員が微笑む。

見たところ二十代後半から三十代前半くらいの痩せ型で、背が高い。この方がマスターなのだろうか、笑顔が爽やかでとても印象がいい。

何気なく店内に目を向けると、私の席から三つ向こうのカウンター席にカップルが、その向こうには一人で飲んでいる男性客が二組。

マスターらしき人が奥へドリンクを運んでいるから、おそらくテーブル席にもお客様がいるようだ。

——近くにこんなお店があったんだ。日本酒の品揃えもいいし、今度からいつもの居酒屋が休みの日はここに来ようかな。

そんなことを考えていると目の前にグラスが置かれ、一升瓶から透き通った日本酒が注がれる。その様子に、ほう、とため息が漏れた。

——……きれい……

「ごゆっくりどうぞ」

「ありがとうございます」

私は笑顔でお礼を言って、日本酒の入ったグラスを手に取る。

今日の気分は純米吟醸。

女性の杜氏が造っているというこのお酒からは、ほんのりとフルーティな香りが漂ってきた。

「いただきます」

一口含むと口の中いっぱいにお米の甘さが広がる。でも、後味はスッキリ。

――くーっ!!　美味しい!!

いつもの居酒屋だったら絶対声に出している。だけど、今日は場所を考えて心の中だけで美味しさを噛みしめた。

――あー、この店に入って正解だった。

勇気を出して店に入った自分を褒めてやりたい。

そんなことを考えながら、私はちびちびと日本酒を味わう。

――せっかくだし、何か食べるものが欲しいな……

もう一度メニューを手に取って、軽食の欄をじっと見る。

フライドポテトやスナックの盛り合わせといった定番メニューの他に、このお店特製ナポリタンやお茶漬け、それに焼き鳥の盛り合わせなどもあるのが意外だった。

メニューを凝視していると、目の前に男性店員が立つ。

「何か召し上がりますか？」

「はい。あの、焼き鳥って、この店で焼くんですか？」

「いいえ、近所の焼き鳥屋さんに頼んで持って来てもらうんです」

——なるほど。焼き鳥屋さんの焼き鳥だったら、きっと美味しいはず。

「じゃあ、焼き鳥の盛り合わせをください」

「かしこまりました、少々お待ちください」

——バーで焼き鳥って、なんか変な感じ。でも美味しければそれでよしってことで。

私は日本酒を一口飲み、ほうっと息をついた。

それから十分くらいして、焼き鳥屋さんが盛り合わせを届けてくれた。

鶏モモの塩とタレが二本ずつ、砂肝にレバー、ボンジリにせせりといった八本の串に、シシトウが二つ彩りで添えられた盛り合わせが私の前に置かれる。

香ばしい匂いにつられて、さっそく鶏モモの塩を口に運ぶ。想像以上に柔らかくジューシーな鶏肉に、ほんのり効いた塩味が旨みを引き立てている。フワッと感じる炭の香ばしさもいい。

——美味しい～……これは日本酒がすすむわあ。

くいっとお酒を飲んで、幸せに包まれる。

　この店に来てよかったとしみじみ思いながら、焼き鳥とお酒を楽しんでいると、三つ隣の席に座っているカップルの女性が、突然ガタンと音をたてて立ち上がった。

「っ……なによ、馬鹿にしてっ……もういいわよっ!!」

　長い巻き髪に、膝丈のワンピースを着た美しい女性。彼女は顔を真っ赤にしてそう吐き捨てると、いきなりお酒の入ったグラスを掴み勢いよく中身を隣の男性の顔にぶちまけた。

　――ひっ!!

　思わず声を出しそうになって、私は慌てて口を噤む。

「ふんっ、いい気味！」

　そう捨て台詞を残し、女性は勢いよくバッグを掴みヒールの音を立て店を出て行った。

　――……しゅ、修羅場だ……初めて見た……！

　自然と店内にいる人間の視線が一人残された男性に集まる。男性は出て行った女性を追うことなく、俯いたまま微動だにしない。

　男性の顔を半分覆い隠している長い前髪からは、ポタポタと雫が滴っている。

　それに気づいた私とマスターが、ほぼ同時に彼におしぼりを差し出した。

「「これ、使ってください」」

　私とマスターの声が綺麗にハモる。

微かに反応した男性が、前傾姿勢のまま私とマスターに一礼する。

「……お恥ずかしいところを見せて申し訳ない」

受け取ったおしぼりで顔と前髪を拭った後、男性はマスターが持って来たモップを「俺がやるから」と言って、自ら濡れた床を丁寧に拭いて再び席についた。

――あんな目に遭ったのに、意外と冷静……

なんとなく彼から視線を逸らせずにいると、その視線に気がついたのか、男性が濡れた前髪を掻き上げつつ私の方を向いた。

「騒がしくして悪かった。よかったら一杯ご馳走させてほしい」

「え」

頭を下げられたことよりも、男性の顔の美しさに驚いた。

涼しげな眉の下に、くっきりとした二重瞼の綺麗なアーモンド形の目。すっと通った鼻梁と綺麗な形の唇。それらのパーツが、絶妙なバランスで配置されていた。

普段なかなか見ることがないくらいの超美形に、思わずポカンと口を開ける。

「……あ、あの、いえ、そんな、いいですよ」

これほどのイケメンと話す機会などないから、緊張してしまう。

「もう帰るところ？」

「いえ、そういうわけではないのですが……」

──自分がどんな目に遭ったかお忘れですか？

「じゃあ一杯だけ、俺の飲み直しに付き合ってくれないかな。……それ、日本酒？」

彼が私の手元を覗き込んでくる。

「あ、はい」

「同じものをもう一杯どう？　別のでもいいけど」

そう言われてしまうと、遠慮するのも申し訳ない気がして、お言葉に甘えることにした。

「じゃあ一杯だけ……」

「ありがとう」

彼はカウンターにいた男性客にも同じように謝って、マスターにお代わりを注文する。

──気遣いの人だ……すごいイケメンだし。さっきの女の人は、何にあんなに腹を立てたんだろう？

余計なお世話だと思いつつ、そんなことが気になってしまう。

「……あの。彼女、追いかけなくて大丈夫だったんですか？　さっきの……」

彼はグラスにわずかばかり残っていたドリンクを飲み干して、私を見る。

「……隣、座っても？」

「どうぞ」

男性がグラスを手に、私の隣に移動してきた。

「彼女とは、もう会うことはないから大丈夫」

涼しい顔で、さらっとそんなことを言われたから驚く。

何があったか知らないけど、そんな簡単に別れを決めてしまっていいのだろうか？　……まあ、いきなりお酒をぶっかける彼女も彼女だけど……

「でも、恋人ならもうちょっと何か話し合ったり……とか？」

私が口を出すのも変だけど、ついモヤっとしてそう言うと、男性に「ちょっと待って」と話を切られた。

「彼女とは付き合ってないから」

「……え？　そうなんですか？」

男性は困ったように頭を掻き、マスターに手渡されたばかりの焼酎の水割りを呷った。

「ただの勘違い女だよ。こっちがそれを指摘したら、逆ギレされただけ」

「そ、そうでしたか」

――言い方はともかく、あの女性が怒った理由が、なんとなく分かった……

さりげなく男性から目を逸らし、私は新しいお酒を飲みつつヤレヤレと思う。

そんな私を見て、男性はフッと表情を和らげた。

「自信満々なタイプだったからな。自分が断られるとは思ってなかったんだろう」

男性がうんざりした様子でグラスに口を付ける。

そんな仕草も、いちいち絵になるな、この人。……言ってることは酷いけど。

「すごく綺麗な人でしたけど、後悔したりしませんか？」

何気なく質問すると、彼は静かに首を横に振る。

「いくら顔がよくても……自分が一番な上、思い込みが激しい女はご免被りたいね」

「……まあ、お酒ぶっかけるとか、普通なかなかしませんけど……」

少なくとも私なら、やった後が怖くて絶対にできない。

ぼそっと呟いたら、意外にも彼がそれに食いついた。

「だろ？　いきなり突拍子もないこと言う女でさ……初めて会った日を私達の出会いの記念日にしましょう、とか言い出した時は何言ってんだって思った。ちなみに、会うのは今日が二度目」

「えっ！　それって、会って二回目に……しかも付き合ってないのに!?」

「そう。だから勘違いを指摘して、お帰りいただいた」

そう言って彼は肩を竦める。

「それなのに、よくお酒ぶっかけられて怒りませんでしたね。私だったらやり返してるかも……」

「何、短気なの？」

「短気……じゃないと思いますけど、理不尽なことは我慢できないかもしれません。……あの、なんてお呼びすればいいですか……？」

偶然一緒になった相手に名前なんか聞いていいのかな、と思いながら尋ねた。だが、意外にも男性はあっさり名前を教えてくれる。

「両角。そっちは？」

「浅香です」

名乗った途端、両角さんは何かを考えるようにじっと私を見つめてくる。そんな綺麗な目に見つめられると、非常に落ち着かない。

「……な、何か？」

「いや、浅香って名字？　それとも名前？」

「ああ、名字です。深い浅いの浅いに香り」

私の名字『あさか』は、女性の名前でも通用するので、たまにこういった疑問を抱かれることがある。

「へえ。じゃあ、名前はなんていうの」

両角さんがグラスを傾けながら尋ねてきた。

「美雨です。美しい雨って書きます」

「へえ、いい名前だね」

「……そうですか？」

「美しい雨、だろ？　しっとりして綺麗な名前だと思う」

そう言って、彼は静かに焼酎の水割りを口に運ぶ。

さっきあんなに辛辣なことを言っていた人から、名前を褒められるとは思わなかった。

びっくりした私は、彼につられるように奢ってもらった日本酒を飲む。

「ありがとうございます……」

――なんか、こんなイケメンに綺麗な名前とか言われると、本当にそんな気がしてくるから不思議だ。

お酒までさっきよりも美味しく感じるのは、なんでだろう。

そんなことを思っていたら、隣の両角さんが頬杖をつきながら口を開いた。

「……さっきも思ったんだけど、あんた、えらく旨そうに酒を飲むな」

「そりゃあ、お酒が美味しいんですから当然です……って、さっきも？」

思わず聞き返すと、両角さんが頷く。

「……若い女性が一人で入ってきたな、と思って見てたら、嬉々として日本酒を注文して旨そうに飲んでるからさ。そんなに日本酒好きなの？」

「はい、まあ……。といっても、好きになったのはここ数年なんですけど」

「へえ。何かきっかけでも？」

　両角さんが興味深そうに身を乗り出してくる。

「きっかけかどうか分かりませんが、私つい最近まで、仕事で酒蔵の多い地方の町にいたんです」

　私が勤務するＭ・Ｏエレクトロニクスは、それなりに大きい生活家電メーカーだ。

　私は五年ほど前、事務職として本社に採用された。しかし、新入社員は全員、入社から五年以内に半年間の工場研修に行かなければいけないという規則があった。

　本社に勤務する社員のほとんどが、近くの工場で研修を受けるところ、私はせっかくなら本社から離れた場所がいいと思った。そこで自ら志願して、中部地方にある工場で研修を受けることにしたのだ。

　工場のある町には酒蔵が多くあり、たまたま居酒屋で知り合った酒蔵経営者から、日本酒の美味しさを教えてもらったのである。

　それ以来、私はすっかり日本酒の魅力に取り憑かれてしまったというわけだ。

「なるほどね。確かに地方にはいい酒がたくさんあるからな。俺もここ数年は地方に行ったり海外に行ったりしてるけど、行く先々で旨い酒に巡り会うんだよなー」

　両角さんが頬杖をついたまま何度も頷く。

　彼の意見に、私も激しく同意した。

「そうなんですよー！　町のスーパーにまですごい種類の地酒が置いてあるんです。そういう場所には、地元の特産品とか、美味しいおつまみもたくさんあって。結局私、半年で終わる研修を二年もしたんですよね」

そう話す私に、両角さんがハハッと声を出して笑った。

「それもすごいな」

「本当はもっと向こうにいたかったんです。でも会社の規定で、研修は最長で二年までって決まってたからやむなく……」

私個人としては、あのまま地方にいても全然構わなかった。だが、企業に勤める一社員としては、規定に背いてまで居続けることはできず、涙を呑んで本社に戻ってきたというわけだ。

「久しぶりにこっちに戻ってきて、いろいろとお店を開拓中なんです。このお店には今日初めて来ましたけど、日本酒の品揃えが豊富で大当たりでした。両角さんはよく来るんですか?」

「ああ。マスターと知り合いでね」

そう言いながら両角さんがマスターに視線を向けると、ちょうど正面にいたマスターがにっこりと微笑む。

「両角さんには、いつもご贔屓にしていただいて。ありがとうございます」

「何、改まって。長い付き合いだろ」

爽やかにお礼を言うマスターに両角さんが苦笑した。

「それにしても……浅香さんの話を聞いてたら、俺も日本酒が飲みたくなってくるな。家に眠ってる一升瓶、引っ張り出すか」

その言葉に敏感に反応する私。

「眠ってる一升瓶？」

「ん、ああ。地方に行った時に知人から貰ったり、季節の贈答品とかが大量にあるんだよ。俺も日本酒は好きだけど、さすがに一人じゃ消費しきれなくて結構な量がキッチンの奥で眠ってるんだ。中には幻とか言われてるレアな酒もあってさ……」

――マボロシ……？　何それすっごく気になる……！

「そんないい日本酒を眠らせておくなんて勿体ないですよ。ぜひ飲んでください。私でよければ、いつでもお手伝いしますんで！」

「いつかお願いするかもな」

つい力が入ってしまった私に、両角さんは楽しそうに笑った。そして、マスターに焼酎のお代わりを頼む。

私は、そんなリラックスした様子の彼をしみじみと眺めた。

出会いのインパクトとびっくりするほど綺麗な顔。

ひょんなことから一緒に飲むことになった両角さんは、すごく話しやすい人だった。

正直、初対面でここまで気楽に話ができた異性って、ちょっと記憶にないかも。

――この人となら、いくらでも喋っていられる気がする……

なんて思っていたら、あっという間に二時間以上経過していた。

スマホに来たメルマガの着信で現在時刻を知った私は、驚きのあまり大声を上げてしまった。

「うそ、もうこんな時間!? 早っ……」

お詫びで一杯奢ってもらうだけのはずが、いつの間に!?

「ほんとだ……全然気づかなかったな。マスター」

両角さんは左腕の腕時計を見ながら、マスターに声をかける。

二人が話している間、周囲を見回すと、いつの間にか店内の客は私と両角さんだけになっていた。

――カウンターに座ってた人、いつ帰ったんだろう? 全然気がつかなかった。

つまり、それだけ両角さんとの会話に夢中になっていたということだ。

そう思ったら、なんだか恥ずかしくなってしまった。

両角さんがマスターとの話を終え椅子から立ち上がったので、私も慌てて立ち上がる。

「ご馳走さまでした。お会計を……」

バッグから財布を取り出しながら声をかけると、にっこり微笑んだマスターに止められる。

「お客様の分も両角さんにいただきましたので、お代は結構です。ぜひまた、ご来店をお待ちしております」

一瞬、言われた内容が頭に入ってこなかった。でも、すぐに隣の両角さんを見る。

「両角さん、奢ってもらうのは最初の一杯だけでいいです。自分の分は自分で払いますから」

だけど両角さんは、いらないとばかりに手をヒラヒラさせ、そのまま店を出て行こうとする。

困惑しつつ、私は彼の後を追う。

店を出てすぐ両角さんが立ち止まったので、急いでお金を差し出した。

「いらないって。これは今日のお礼」

「でも……」

なんだかんだで、あの後二人でかなり飲んでしまったのに、いいのだろうか。

私がお金を持ったまま躊躇っていると、いいんだよと真顔で手を押し返される。

「イヤな思いした後に、それを帳消しにするくらい楽しい時間を過ごさせてもらったんだ。だからいいんだよ。はい、この話はもう終わり」

そんな風に言われたら、これ以上遠慮するのも悪いような気がしてくる。

「分かりました。じゃあ、お言葉に甘えてご馳走になります」

「ああ。で、浅香さんはこの後どうやって帰るの」

「歩いて帰ります。マンションが近いので……それじゃ……」

一礼して一歩足を踏み出すと、何故か両角さんも同じ方向に歩き出した。

「……両角さんもこっちなんですか？」

驚いて尋ねると、背の高い彼が私を見下ろしてくる。

「いや。家の近くまで送るよ。こんな夜中に女性の一人歩きは危険だから」

「大丈夫ですよ。私のマンション、商店街の近くだから夜でも結構明るいですし」

「だめ。遅くなったのは俺のせいだし、マンションに入るまで見届けさせて。ほら、こっちでいいの？」

「あ、はい……なんか、すみません」

あっさり「いいよ」と言って、彼は私の半歩先を歩く。

両角さんは並んでみると、かなり背が高く脚も長い。ゆえに一歩が大きかった。

それに合わせて歩いていたからか、それとも会話をしていたからか理由は分からないが、いつもより家までの距離が短く感じた。

「ここです」

あっという間に到着したマンションの前で、両角さんと向かい合わせになる。

「今日は本当にありがとうございました。何から何まで……」

奢(おご)ってもらって、送ってもらって。なんだか申し訳ない。

私が深々と頭を下げると、両角さんがぶっきらぼうに言い放つ。

「俺あの店にちょくちょく入り浸(びた)ってるから、気が向いたら来なよ。また一緒に飲もう」

「そうですね。ぜひご一緒したいです」

「じゃあ、また。おやすみ」

両角さんが踵(きびす)を返す。その背中に向かって、私も声をかけた。

「はい。おやすみなさい」

前を向いたまま手をヒラヒラさせて、両角さんが来た道を戻って行く。

――いい人だったな、両角さん。また会えたらいいな。

そんなことを思いながら、私は上機嫌で自分の部屋に帰ったのだった。

二

両角さんとの出会いから数日後の月曜日。

「では、お待ちしております。はい、失礼いたします」

中途採用の求人に応募してきた人との電話を終え、受話器を置く。電話で確認した情報をまとめ、採用担当者に渡したところで、ちょうどお昼のチャイムが鳴った。

Ｍ・Ｏエレクトロニクスの本社に戻った私が所属しているのは人事部。そこで、社員の社会保険などの労務管理や、人事企画の資料作成、求職者の問い合わせ対応などを担当している。

地方での二年間は工場の製造ラインに入って作業をしていたので、久しぶりの本社勤務に慣れるまで少々時間がかかった。でも今は、まったく問題なく仕事をこなしている。

——さて、お昼は何を食べようか。

この会社には社員食堂があるが、今日はなんとなくインドカレーが食べたい気分。

そう思った私は、会社近くのインドカレー屋にカレー弁当を買いに行った。

インド人シェフが作るこの店のバターチキンカレーは、私的に美味（おい）しいカレーランキング第一位。

うちの社員にも人気のこのカレー弁当は、ランチタイムになるとあっという間に売り切れてしまうこともあるので　無事にゲットできた私はホクホクしながら社に戻った。

手元から漂（ただよ）ってくるスパイスの効いたカレーの匂いに、私のテンションは爆上がり。

——うーん、いい香り〜〜!!　早く食べた〜〜い!!

エントランスからエレベーターホールに向かって歩いていると、ちょうど同じ部署の女性が前からやって来た。二年先輩の山口優紀さんだ。

山口さんは私が新入社員の頃からお世話になっている人で、本社に戻って彼女と同じ部署になれたのはラッキーだった。

山口さんは細身で目がくりっとした可愛い顔立ちの女性で、数年前に学生の頃からお付き合いしていた男性と結婚した既婚者である。

「あら、いい匂いがするわねー、もしかしてインドカレー？」

くんくん、と匂いを嗅いだ後、彼女は私の手元に視線を落とす。

「はい。ひとっ走りしてきました」

「私も食べたくなってきたなー。今から買いに行こうかな」

「今日はまだありましたよ、バターチキンカレー弁当」

なんて話をしていると、急に周囲が騒がしくなった。

キャーッという黄色い声と共に、私達の横を若い女性社員が通り過ぎていく。何事かとそちらに目をやると、若い女性で人だかりができていた。

「――ほら！　王子様よ、王子様！　姿見られて今日はついてる～!!」

「ねー！　目の保養目の保養！」

――王子様ってなんだ？

耳に入ってきた女性社員達の言葉に、私は目を丸くする。

「……山口さん、なんか王子様とか聞こえませんでした？」

首を傾げる私に、山口さんが笑い出した。

「そっか。浅香さんは最近こっちに戻って来たから知らないか。あの人達の言う王子様って、社長の息子のことよ」

「……社長の息子？　その人が王子様って言われてるんですか？」

キョトンとして聞き返すと、山口さんも苦笑する。

「そう。それだけ聞くとちょっと笑っちゃうかもしれないけど、でも確かに王子様みたいな外見なのよ。きれーな顔でいつもにこやかで、怒ったところなんか誰も見たことないんじゃない？　だからいつの間にか女性社員から王子様って呼ばれるようになってね」

本社に戻ってしばらく経つのに、そんな人がいることをまったく知らなかった。思わず私は、口を開けたままぽかんとする。

「……初耳です。地方に行く前も、しばらく本社に勤務してましたけど、そんな話は一度も……」

だよねえ、と山口さんが苦笑する。

「王子様って、私と同じくらいの年なんだけど、入社以来海外やら地方やらを転々としてたからね。ちょうど浅香さんと入れ替わりに本社へ戻って来たのよ。最初は経営企画部に配属されたけど、この春から常務取締役に」

「そうなんですね……」

私は少し離れたところにある人だかりに何気なく目を向ける。

——王子様っていうくらいだから、目のぱっちりしたアイドルみたいな感じ？

しばらくすると、人だかりがばらけて、中心にいる人の顔がはっきり見えるようになった。

スーツをきっちりと着こなした背の高い紳士。もしやこの人が噂の王子様？

なんて思いながらその顔を見て、息を呑んだ。

——……あれっ？　なんで両角さんがここに……

すらりとした背格好と、少し長めの前髪、その下にある綺麗な顔……やっぱり両角さんにしか見えない。

顔を見たまま立ち止まっていると、不意にこちらを向いた両角さんと目が合った。

その瞬間、彼の表情が強張(こわば)る。

だけど、すぐに後ろから来た社員に声をかけられ、私から目を逸(そ)らした。そのまま両角さんは、こちらを見ることなく歩いて行ってしまった。

「浅香さん、どうしたの？」

山口さんが、不思議そうに顔を覗き込んでくる。

「山口さん……あの、社長の息子って……」

私は気持ちを落ち着かせながら彼女に尋ねる。

「あ、うん。今の人がそうだよ」

まさか両角さんが同じ会社の人で、しかも社長の息子だなんて。

思いがけない偶然にびっくりだ。

——世間って思ったより狭いんだな。

あの夜のことを思い出すと、少々気まずい。

知らなかったとはいえ、自社の社長の息子とサシ飲みしてしまっ

んに失礼なこととかしてないよね？

——それにしても、両角さんが王子様？

確かに顔は抜群に綺麗だったけど……結構辛辣なことを言って

コもしてなかった。むしろ、ぶっきらぼうな印象で……

あの夜の彼を思い返すと、とても『王子様』とは思えない。

イメージが違いすぎて理解に苦しむ私は首を傾げる。

なんか考えれば考えるほど、頭がこんがらがってきた。

——ま、いいか。こんな偶然もあるんだなってことで……！

円さ

コニ

せっかくいい飲み友達ができたと思ったのに残念だ。さすがに自社の常務とサシ飲みはできない。

部署に戻った私は気持ちを切り替えて、買ってきたカレーを食べて午後の仕事に備えた。


その翌日。

午前の仕事が一通り片付いた私は、各部署に届ける書類を手に席を立った。

人事部の一つ上の階にある営業部や宣伝部に届け物をしていると、出入り口の辺りで女性数人に囲まれている背の高い男性が視界に入った。

——あれ、両角さん？

「ええ。では、よろしくお願いしますね」

「はい……！」

美しい微笑みと美声でそうお願いされた女性社員達は、みんなうっとりした顔をしている。完全に目がハートになっていた。

——これが王子様の威力か……!! 凄まじいな。

横目でチラ見しながらその場を後にした私だが、何故か今日は同じような場面に何度も遭遇した。王子様の威力は女性社員に対してだけでなく、時には若い男性社員だったり、彼よりずっと年上の社員に対しても発揮されるらしい。

誰に対してもキラキラした笑顔で分け隔てなく接している両角さんを見ていると、ますます彼があの夜の両角さんと同一人物だと思えなくなってきた。

——……もしかして双子の兄弟、とか？

度々遭遇する両角さんらしき人を、ついまじまじと眺めてしまう。その時、彼がこっちを見たような気がした。

——ん？　気のせいか。

特に気にせず、私は部署に戻っていつも通り仕事をこなし、順調に今日のノルマを片付けていった。この調子なら定時には仕事を終え、会社を出ることができそうだ。

——今日は何をつまみに一杯やろうかな。

帰りにスーパーでお刺身でも買っていこうか……マグロもいいし、カンパチもいいな～なんて考えているうちに終業時刻を迎え、私はいそいそと荷物をまとめ始める。

そんな中、にわかに部署内がざわついた。しかもみんなが私を見ている気がする。

——なんだろう。

その時、私の肩にポン、と誰かの手が置かれた。

「ん？」

何気なく振り返ると、そこには麗しく微笑む両角さんの姿が。

「も、もろず……常務⁉」

――な、なんでこの人がこんなところに⁉

まさか会社で声をかけられるとは思わず、私は激しく動揺する。

目を白黒させている私に、彼が微笑みを保ったまま口を開いた。

「人事部の浅香美雨さん。帰るところ悪いけど、少し時間をもらっていいかな？」

言葉は優しいが、綺麗な目が笑っていない。これは断れないやつだ。

「えっ……あの……はい……⁉」

思わず周囲に目をやると、同僚達の強すぎる視線に息を呑む。

――こんなに注目浴びたのって、人生初かも……っ！

周囲の視線に表情を引き攣らせる私に、両角さんが「こっちへ」と先に立って部署を出て行く。

私は荷物を手に、両角さんの後を追った。

廊下の角を曲がったところで、前を歩く両角さんが振り返る。

「急に悪かったな」

両角さんは、さっきまでのキラキラ王子様とは打って変わった真顔で話しかけてきた。

これは、この前バーで会った両角さんだ――そう思った途端、一気に緊張が緩んで体から力が抜ける。

「もう、急に驚くじゃないですか!!　両角さん、この前と全然雰囲気が違うし、別人かと思いましたよ。それに、社長の息子で……常務で、王子様って……そんな人がただの社員を呼び出すって」

軽くパニック気味の私は、立場を忘れて両角さんに捲(まく)し立(た)てる。

あんな風に公衆の面前で呼び出すなんて、本当にやめてもらいたい。でも常務である両角さんに、文句など言えないし。

言いたいことはいっぱいあるのに、上手(うま)く言葉が出てこなくてもどかしい。

でも、両角さんは私が何を言いたいのか、きちんと分かっているようだった。

「その辺について話がしたい。この後、時間あるか」

「え？　じ、時間？」

「少しでいい」

じっと私を見る彼の真剣な表情を見てしまうと、とても断ることはできなかった。

「………分かりました」

直後、両角さんが私の耳に顔を近づけてきた。驚いて体がビクッと跳ねる。

「ちょっとちょっとっ、近いですよ！」

過剰反応と思われても、こんな超のつくイケメンになど免疫がないのだ。こればかりは動揺しても致し方ない。

「会社を出て、右に百メートルくらい行った先でまた右に曲がると、『あおば』っていう居酒屋がある。そこで待っててくれ。俺もすぐに行く」

声と共に彼の吐息が耳にかかり、背中がぞくぞくした。

反射的に耳に手を当て、両角さんを見上げる。

「じゃあ、あとで」

そう言って、彼は足早にこの場から去って行った。

そんな彼の後ろ姿を見ながら、私はわけが分からずぽかんと立ち尽くす。

——これは……面倒事に巻き込まれそうな、いやな予感がする。

できればこのまま真っ直ぐ家に帰りたい……でも、一社員でしかない私は、常務である両角さんの命令には逆らえないのが現実。

仕方なく、指定された居酒屋に向かうことにした。

会社を出て、ひとまず右へ進む。百メートルほど行ったらまた右、なんて言ってたけど、場所がよく分からない。仕方なくスマホの地図で『あおば』という居酒屋を検索する。

「あおば、あおば……あ、あった」

四階建てのビルの一階にある、赤い提灯(ちょうちん)がぶら下がった居酒屋。その看板にはしっかりと『あおば』と記されている。レトロな店の外観は、昔ながらの焼き鳥屋という感じ。

――渋い……一人だったら入るのを躊躇(ちゅうちょ)してしまいそう。

カラカラ、と引き戸を開ける。店内は想像していた通りこぢんまりとしていた。カウンターに男性客が二人いて、焼き鳥を片手にビールを味わっている。

「いらっしゃい」

「こんばんは……」

カウンターの中から声をかけてきたのは、かなり年配の男性だった。おそらく還暦(かんれき)はとうに過ぎていると思われる。

どこに座ればいいのかな……一応待ち合わせだしどうしよう。

「すみません、人と待ち合わせをしていて……」

迷った末に、カウンターの中の店主らしき男性に声をかける。すると、にこっと微笑まれた。

「ああ、聞いてるよ。両角のぼうずだろ。奥に個室があるから、そこで待っててくれとさ。先に何か飲むかい？」

両角のぼうず。

つまり、この方は両角さんのことをよく知る人ということか。

それを聞いて、私の緊張が少し和(やわ)らいだ。

「いえ。両角さんが来るまで待ちます」

普段なら、待ち合わせの相手が来る前に一杯やっていたと思う。でも彼の正体を知った以上、私に先に酒を飲むという選択肢は存在しない。

「あいよ。じゃあ、奥にどうぞ」

「失礼します」

頭を下げながら奥へと移動すると、暖簾(のれん)のかかった入口を発見。中は、大人四人が座るのが精一杯といった広さの部屋だった。壁には手書きのお勧めがいくつも貼られていて、つい目が釘付けになる。

「うわ〜、この店いいな。私の好きな感じ」

席に座って、筆で書かれたメニューを眺める。想像していたよりかなり豊富なメニューに驚いた。

——へー、焼き鳥でも、いろんな部位が食べられるんだ。

豊富な料理のメニューに、つい飲み物にも期待が高まる。テーブルの上にあったドリンクメニューを開くと、全国各地の日本酒の銘柄がずらっと並んでいた。

私のテンションが一気に上がる。

——すごいっ、こんなに種類があるんだ！

両角さんのことをすっかり忘れて、私が日本酒のメニューをじっくり眺めていると、入口の暖簾がフワッと持ち上がり、ダークグレーのスーツを着た両角さんが姿を現した。

「待たせたな」

そう言って、両角さんはするっと私の目の前の席に座った。彼は着ていたジャケットを脱ぎ、無造作に置いた。

「お、お疲れ様です、思ったより早かったですね」

「定時で帰ろうとしてたくらいだ、浅香さんも忙しいんだろ。時間を取らせちゃ悪いしな」

「……すみません、気を使っていただいて……」

近所のスーパーのタイムセールで、刺身を買って帰ろうと思ってただけなんです……とは言えず、ぐっと言葉を呑み込んだ。

何か言おうとした両角さんが、ふと私の手元に視線を落とす。

「何か注文した？」

「いえ、まだです。両角さ……いえ、常務が来てからにしようと思って」

そう言うと、両角さんの口元が少しだけ緩む。

「両角でいいよ。浅香さんは日本酒？」

「えっと……じゃあ、この日本酒を冷やでお願いします」

メニューを見て希望の銘柄を伝えると、両角さんが店主の男性を呼んだ。

「ありがとうございます」

「いや。つまみは適当に頼んでいい？」

「はい」

両角さんが注文をしているのを、ぼんやりと眺める。今の彼は、私が以前会った彼と同じように感じた。

じゃあ、会社での、あの『王子様』な彼は一体なんなんだろう……？

そんなことを考えていると、注文を終えた両角さんが私の顔を見た。

「まさか同じ会社だったとはな。この前、名刺渡しておけばよかった……」

彼は眉間を押さえてハアーとため息をつく。

確かに。そうすればあの場でお互い同じ会社だと分かっただろう。

「お待ちどおさまー、生中と日本酒お持ちしましたー」

若い店員さんが飲み物を持って来た。っていうか他にも店員さんいたんだ。

目の前には大好きな日本酒。いつもだったらすぐに手を伸ばしているところだけど、今日は両角さんが気になってお酒に手を伸ばせない。

すると、両角さんがビールのジョッキを持って、目の高さに掲げる。

「……とりあえず乾杯」

私は慌ててグラスを持って同じようにした。

「か、乾杯……」

すぐに両角さんがビールを呷ったので、私も日本酒に口をつける。

頼んだのは、地方にいる時に知って以来、大好きでよく飲んでいる銘柄。すっきりした味わいで華やかな香りのする純米吟醸だ。

いつもならその美味しさにうっとりするところだけど、目の前で眉間に皺を寄せている人が気になってそれどころじゃない。

それにしても、自分から話があると言ってきた両角さんが、全然口を開かない。これはよほど言いにくいことなのだろうか……

——どうしよう、私から聞いちゃう？　でもここは待つべきか……

待った方がいいのは分かるけど、このままじゃせっかくのお酒を美味しく味わえない。

私は意を決して、何やら考え込んでいる両角さんに声をかけた。

「……あの。一つ聞いてもいいでしょうか」

「あ、ああ……」

「本当の両角さんはどっちなんですか？」

私の質問に、両角さんの表情がピシッと強張る。そして、観念した様子でため息をついた。

「……こっち」

それを聞いて、やっぱり、と少しだけ胸のつかえが取れる。

「じゃあ、会社のあれは……」

この人について、そんなに深く知っているわけじゃない。

けど、会社のあれは別人だと思った。

深々とため息をついた両角さんは、ビールを一口飲んでゆっくりと話し出す。

「……うちの会社を創業したのは、俺の曾祖父で、ここまで大きくしたのは父なんだ。そのことは知ってるか」

「はい。三代目の現社長が就任してから、徐々に事業を拡大していったんですよね？」

「そうだ。曾祖父が始めた小さな電器屋が、今のＭ・Ｏエレクトロニクスのもとになっている。だけどここに至るまでには、並々ならぬ苦労があったんだ——主に父の」

それはそうだろう。今やＭ・Ｏエレクトロニクスは国内はおろか、海外にも支社や工場を持つ大企業だ。ちょっとやそっとの努力じゃこんなに会社は大きくできないことくらい、私にだって分かる。

「曾祖父の始めた電器屋を祖父が引き継いだ。元々商才があった祖父の力で、いくつもヒット商品が生まれた。祖父はそれをもとに、会社を大きくすることを考えたそうだ。だが祖父は、思わぬ問題にぶち当たった」

「……も、問題、とは？」

「祖父は商才はあったが、人望がなかったんだ」

――あっちゃー。それは痛い。

なんて正直に言うわけにもいかないので、私はキュッと口を引き結んで相槌（あいづち）を打つに留める。

「もともと職人気質（かたぎ）で融通（ゆうずう）が利かない性格だった祖父は、物を作ることには長（た）けていたが、気性が荒かった。そのせいで周りに敵を作りやすかったんだ。祖父が社長では、会社を大きくすることはできない。そう判断した曾祖父が、父を社長にするよう命じたそうだ」

――なんだかノンフィクション番組を観ている気分になってくる。

「父は祖父とは違い、かなり温厚な性格でね。祖父ほどの商才はなかったが、周囲の人には恵まれていた。そのおかげで会社はどんどん大きくなっていったというわけだ」

「そうだったんですね……」

――じゃあ、社長は何をそんなに苦労したのだろう……？

その疑問が顔に出ていたのか、両角さんがすぐに答えをくれた。

「祖父のせいで関係がこじれた人や企業の信頼を取り戻し、もとの関係を築くのに、父は相当苦労したらしい」

「ああ、なるほど……」

納得して何度も頷く私を、両角さんがじっと見つめる。

「俺は、そんな祖父に気性が似ているらしい」

「……え!?」

驚いて、まじまじと両角さんを見つめる。

「だから俺はこの会社を継ぐにあたって、父から一つ条件を出されたんだ」

「条件……ですか？」

私はごくりと息を呑んだ。

「人前では常に温厚な態度を崩さず、祖父似のカッとなりやすい性格は絶対に表には出さない。それが、俺が後継者になる最低条件だと」

話し終えた両角さんがごくごくとビールを呷る。

それを聞いて、なんとなく話が見えた気がした。

「なるほど、だから。……でも、温厚な態度が、なんで王子様になっちゃったんです？」

そう聞いた瞬間、両角さんがうんざり、といった顔をする。

「知らん。誰かがいつの間にか王子と呼び始め、俺の知らないところで勝手にキャラができ上がってしまったんだ。修正しようにも思った以上にイメージが浸透してて、今更違うと言えなくなった。仕方なく、そのまま……」

話しながら、両角さんは自分の額を押さえて、がっくりと項垂れてしまう。

「……そ、そうだったんですね……」

なんとも言えない事情に、私はそれ以上かける言葉を見つけられない。

「で、ここからが本題だ」

本題？　と首を傾げる。両角さんが顔を上げ、私の顔をじっと見てきた。

正面から見つめられただけなのに、無意識に怯みそうになる。

――イケメンの迫力、本当に凄まじい……

「俺がキャラを作っているということを、会社では秘密にしておいてもらいたい」

ようやく今日呼び出された理由に合点がいった。

「それはもちろん……バラしたりしません。もしかして、これまでもこうやって口止めを？」

「いや」

「え？」

「物心ついた頃からあのキャラで通してるんだ。同僚や友人ですら、俺がキャラを作っていることを知らない。このことを知っているのは、家族と親しい親族。あとあの店のマスターと、今いる焼き鳥屋の店主、そして君だけだ」

「……は？」

ちょっと何言ってるかよく分かんないんですけど。

「ちょ、ちょっと待ってください……お友達も知らない!? じゃあ彼女とかにはどうやって接してたんですか!?」

「もちろんあのキャラで」

両角さんがしれっと言うので、こっちは唖然とするしかない。

「嘘でしょ!? 好きな人の前でもキャラ作るって……なんでそこまで?」

驚きすぎて敬語がどっかへいってしまった。でもそのことに、私も両角さんもまったく気づいていない。

「これまで付き合った女性は、みんな表向きの俺を気に入って近づいてきたんだ。素なんか出せるか。まあ、そのせいで誰とも長く続かなかったけどな」

そう言って両角さんが肩を竦める。

「ならもう、一生王子様キャラで通せばいいじゃないですか。そうすれば、こうやって私に口止めする必要もなくなるわけだし……」

「それは無理だ。適度に息抜きしないと、表情筋が保てない」

「ええ〜〜」

キラキラ王子様とはほど遠いしかめっ面の両角さんに、私は開いた口が塞がらない。

「だから最近は、たまたま酔って本性を出してしまったあのバーで、定期的にストレスを発散させてもらってたんだ」

「……そんなに昔から周囲に気を使っていた人が、なんでこんな初対面の人間の前で素を出したりしたんですか～」

――家族と親しい親族の他に、マスターとこの店のご主人と私しか知らないなんて……そんな特別重すぎる。

つい恨み事の一つも言いたくなるというものだ。

すると、両角さんは私に視線を送って、ハアーとため息をついた。

「あの日は、一人でバーに入ったら、後をつけてきた勘違い女が押しかけてきたんだ。せっかくの時間を潰されてイライラしてたところに、わけ分からないこと言われるわ、酒ぶっかけられるわで、我慢の限界を超えてたらしい。気がついたら君の前で素を出してた。こんなこと今までなかったから、自分でも驚いた」

後をつけられるのも、酒をかけられるのも、どっちもすごい経験だと思う。そう考えたら、動揺してキャラを忘れてしまうのも仕方がないように思えた。

お互いに黙り込んでいたら、注文していた焼き鳥の盛り合わせが運ばれてくる。

それぞれの前に置かれた皿には、モモ肉のタレと塩が三本ずつ載っていた。

「……とりあえず食べるか」

「そうですね」

炭火で焼いたお肉は、ジューシーで柔らかくてとても美味(おい)しい。

「んー、美味しいです」

「だろ。ここの焼き鳥は旨いんだよ。昔から好きでね」

「そういえば、このお店の店主さんかな、両角さんのことを『両角のぼうず』って言ってましたけど、そんなに昔から来てるんですか？」

「ああ。祖父の代から世話になってる……俺が最初に来たのは小学生の頃だったな。あの頃からずっと、おやじさんには『両角のぼうず』って呼ばれてる」

「へー、そうなんですね。ここ、カウンターだけかと思ったら、奥に個室があって驚きました。人に聞かれたくない話をする時とかにいいですね」

「そういう意図で作られたらしいぞ。密会用って」

え、本当にそうなんだ。

「俺もおやじさんから聞いただけだが、この辺りにある企業の重役達が情報交換の場として利用しているらしい」

「なんか私の日常とは、別の世界の話みたいですね……」

「そんなことないだろ。現に今、ここで人に聞かれたらマズい話をしてるんだし」

そして両角さんは、急に真剣な表情を浮かべた。たちまち場の空気が引き締まる。

「俺の人生がかかっている。キャラを偽っていることは内密に頼む」

真顔でお願いされてしまうと、こっちもついつられて真顔になる。

私は食べる手を止めて居住まいを正すと、真っ直ぐ両角さんを見て言った。

「約束します、誰にも言いません。……それに私、会社で親しい人はそんなにいないので」

「親しい人がいない……？　それはそれで大丈夫なのか？」

彼の心配を払拭しようと思って言ったのに、逆に心配されて苦笑いだ。

「こっちに戻ってきてからまだ日が浅いからです。ご心配いただかなくても大丈夫です」

念のため言っておくが、私にだってちゃんと友人はいる。

ただ会社では、仲のよかった同期は私が研修に行っている間に会社を去っており、今は親しい付き合いをするような同僚がほとんどいないというだけだ。

焼き鳥を食べながら膨れる私に、両角さんがニヤリと笑った。

「まあ、うちの社員にバレたのは想定外だったけど、バレたのが浅香さんでよかったよ」

そんなことを言われて、私の胸が小さく疼く。

「そ、それはどういう意味で……？」

「バーで一人、心底旨そうに日本酒と焼き鳥を楽しむ人なら、俺としても接しやすい」

両角さんが笑いを噛み殺しながらしみじみと言う。

褒められているのかけなされているのか実に微妙なところだ。

でも、仕事帰りの一杯が至福という干物生活を送る私に、色気など皆無。自分でも、彼の言葉に納得だ。

──普段女性からキャーキャー言われているような人だからね、私みたいな色気のない女の方が気を使わなくて楽ってことなんだろう。

でも、私も同じかもしれない。

初めて両角さんに会った時、すごく話しやすかった。居酒屋で顔見知りができるのは珍しくないけど、彼とはまた一緒に飲みたいと心から思った。

「まあ、お互い様ですね」

こうして両角さんのことを知った後も、最初の印象は変わらない。やっぱり話しやすくて、飲み仲間としては最高だ。

「だが……もしバラしたら、その時は……分かるよな?」

急に雰囲気を変えた両角さんに、私は思わず息を呑んだ。

「……ど、どうなるんでしょう……」

おっかなびっくり尋ねると、両角さんが顎に手を当てて私を見る。

「……襲うかな」

想定外の答えに、私の顔が引き攣る。

「なんてな。冗談だよ」

「…………心臓に悪い冗談はやめてください……」

とはいえ、私は次期社長の秘密を知ってしまったわけなのだ。こうして、本人が直々に釘を刺しに来るくらい、重大な秘密を。

――絶対にないけど……万が一、秘密を誰かに話したりなんかしたら、私、クビ……？

その可能性に、内心恐々とする。

本社に戻ってようやく仕事にも慣れてきたところだし、家の近所にお気に入りのお店も見つけて充実した毎日を送っているのだ。

私は、何があってもこの生活を手放したくない！

「絶対に口外しません!!」

「どうもありがとう。助かるよ」

両角さんがそう言って深々と頭を下げてくる。

その顔は王子様のようにキラキラしていて美しい。なのに、その綺麗な顔を怖いと思ってしまったのは何故だろう。

――本社に戻った早々、とんでもない面倒事を抱え込んでしまった……

背中にでっかい重りを乗っけられたような気分のまま、拒否権のない連絡先交換をして、密会はお開きとなった。おまけに今夜も両角さんにご馳走になってしまい、こっちは恐縮しきりだ。

「今夜はこの後、用があるから家まで送れないんだけど、大丈夫か？」

店を出たところで、両角さんが私に尋ねてくる。

「大丈夫です、すぐそこが駅ですし」

「じゃあ……気をつけて」

「はい。ご馳走様でした」

一瞬だけ口元に笑みを浮かべた両角さんは私に背を向け歩き出す。

――えらいことになってしまった……

私はハアーと大きくため息をついて、とぼとぼと家路についたのだった。

三

我が社の王子様は両角さん。だけど思いっきりキャラを作っていたことが発覚。

私がその秘密を知ってしまってから、数日が経過した。

最初こそ、うっかり漏らしたらどうしようと戦々恐々としていたけど、よくよく考えたら両角さんは常務だ。平社員の私とはフロアも違うし、よほどのことがない限り会社で絡むことはない。

つまり、会社で彼の話題を出さなければ何も問題ないということだ。

そのことに気づいてからは特に気負うことなく、平常心で仕事ができた。

――そうだよ、顔を合わせなければキャラの違いに戸惑うこともないじゃない。

現に、あれから会社で両角さんの姿を見ていない。噂はガンガン耳に入ってくるけれど。

王子様がどこどこの定食屋で食事していたとか、いつも飲んでいるコーヒーはどこの店のものだとか、みんなよく見ている。

――ほんと、改めて両角さんの人気のすごさにおののくわ。

会社帰りに、最寄り駅近くのスーパーの夜市で、私は値引きされたアジの干物をカゴに入れながら深く頷く。そして、会計を済ませて自宅マンションに向かった。

私が住んでいるのは、女性専用のワンルームマンション。ペットも飼えるので、たまにエレベーターでペットを抱えた女性と会ったりする。

ちなみにこのマンションは男性のお泊まりは禁止。たとえ親兄弟でも男性がこのマンションに泊まることはできない決まりだ。

三階でエレベーターを降りて、中ほどにある自分の部屋に入り電気を点ける。まだ引っ越して一ヶ月くらいなので家具があまり揃っていないが、とりあえず生活はできている。

元々持っていた家具類は、研修時の転居先が家具付きだったので実家に送ってしまった。そしてそれらはちょうど進学で実家を出る弟のものになってしまったのだ。

なので、また一通り家具を買わなくてはいけないのだが、なくても意外と生活はできている。テーブルは段ボールをひっくり返して布を掛ければなんとかなるし、ベッドがなくても布団で充分。

むしろ物の少ない生活に慣れてしまうと、これ以上物を増やしたくなくなってしまった。

——それに家具はなくても、私にはこれがある……

ちらりと視線を送った先には、地方で買ってきた日本酒。

部屋着に着替えて、アジの干物を焼く。その間に冷凍しておいたご飯を温めてさらりとお茶漬けを食べた。そうこうするうちにアジがいい感じに焼けたので、お楽しみの家飲みタイム。

今日は農薬を一切使っていない水田で収穫した酒米で仕込んだお酒だ。

やや甘口だが、ほどよく酸味もあるすっきりとした味わい。

「うまあ！」

今日もお酒が体に染みる。アジの干物も旨い。

テレビを見ながらちびちびお酒を飲んで、まったりと過ごすのが至福の時間なのだ。

ちなみに私の就寝時刻は夜十時頃と、割と早い。遅くても十一時には寝てしまうことがほとんど。こんな感じの日常をもう何年過ごしていることだろう。

——色気がないのは自分でも分かっている。

過去に色っぽいことがまったくなかったわけではないが、残念ながらあまりいい思い出ではない。だから今は一人でこうやってのんびり過ごすのが最高に落ち着くし、楽しい。

なんて考えていると、ふと、両角さんと飲んだ時の楽しさを思い出す。

これまでも居酒屋の顔見知りと一緒に飲むことはあった。でも、両角さんとは、家で飲んでる時みたいなまったりとした心地よさがある。

お酒の好みも結構似ていて、あまり異性だとか気にせず楽しめた。

叶うならまた一緒に飲みたいと思うけど、相手は会社の常務で御曹司様だ。そんな相手と気軽な飲み友達になんてなれないだろう。なんせ相手は自分とは住む世界が違うのだから。

そう考えたら、何故かさみしさが込み上げてきた。

——考えるの、やめよ。

一人でいる時に両角さんのことなど考えるからこんな気持ちになるんだ。ここは会社じゃないんだし、楽しいことだけ考えよっと。

気持ちを切り替えて、両角さんを頭から追い出した私。しかしこの後、衝撃的な出来事が待っていることを、私はまだ知らなかったのである。

それは、ある勤務中の休憩時間のことだった。

私がいつものごとく自動販売機でミルク増量コーヒーを買っていると、別の課の若い女性社員三人組が話をしながらこちらへ歩いてきた。

「ええーーっ、お見合いって……それ本当に？」

「らしいよー。どうやら相手は取引先の重役の娘みたい」

「じゃあ何、そのお見合い相手もいいとこのお嬢様ってこと？」

「そうみたい……はあー、ショック……私達の王子様が……」

この会社で王子様とくれば、両角さんの話題でほぼ間違いないだろう。

――へー、両角さんお見合いするんだ……

コーヒーの入ったカップを手に、私は休憩スペースの端っこへ移動した。そしてそのまま、彼女達の会話に思いっきり聞き耳を立てる。

「そのお見合い潰せないかなー、ほら、相手の弱みを見つけ出してそれを王子様にリークするとかさ」

「うわー、腹黒！　それよりも、お見合い前に王子様に彼女ができちゃえばいいんじゃない？　彼、今特定の人いないはずだし」

「えー、じゃあ今がチャンスじゃん！　お見合いっていつだろ？　それまでに告白して……」

話し続けながら三人はそれぞれ飲み物を購入し、来た道を戻って行った。

「……王子様も大変なんだな……」

コーヒーを飲みながら、しみじみと思った。

常に噂の的の両角さんは、少しも気を抜くことができないのだろう。心の底からお疲れ様ですとしか言えない。

その日の夕方、自分の席でパソコンに向かっていると、引き出しの中に入れているスマホが震えた。メルマガか何かかなと思いながら引き出しを開けると、受信したばかりのメッセージがスマホ画面に表示されていた。

送り主の名前は両角とある。

――え、両角さん!?

私は急いでメッセージを開く。

【話がある。今晩七時、初めて会ったあのバーで】

「……っ!?」

就業中ということを忘れて、声が出そうになってしまった。

──また!? 今度は何……?

どうもいやな予感しかしない。

かといって私の立場上、拒否するわけにもいかないし。

──はあ……気が重い……

これがただの飲みのお誘いだったらどんなにいいか。

渋々了解の旨を送信し、深いため息をついた。

そうして終業後、私は重い足取りで例のバーに向かう。路地の奥にある重厚なドアの前に立ち、躊躇(ためら)いながらドアの取っ手に手を掛ける。

「……よし、行くか」

考えたってしょうがない。ここまで来たら、さっさと行こう。

意を決してドアを開けると、この前と同じようにマスターが私に微笑みかける。

「いらっしゃいませ。お一人ですか?」

その笑顔に少しホッとした。

「いえ……両角さんと待ち合わせです」

「かしこまりました。では、お好きな席へどうぞ」

　そう言って微笑むマスター。そういえば、この人も両角さんの本性を知ってるんだよね……。

　なんてことを考えながらカウンターの椅子に座ると、マスターが日本酒のメニューを差し出してきた。

「美味しい日本酒が新しく入ったんです。よろしければ」

「えっ、そうなんですか……わ、すごい。知らないやつがたくさんある」

　前回も思ったけど、ここは日本酒の品揃えがいい。バーでこんなに日本酒があるところ、他に知らないかも。

　もっとも、噂では日本酒しか扱っていないサケ・バーなるものもあるらしいのだが。

　熱心に日本酒のメニューを見ていると、マスターが話しかけてきた。

「日本酒がお好きなんですね。以前いらした時も、日本酒だけを注文されてたので、よほどお好きなのだと思いました」

「そうなんです……お酒はどれも好きなんですけど、今は自然と日本酒に目がいってしまって……他のお酒を飲むより日本酒を飲みたいと思うんです……」

「知り合いに酒蔵を経営している者がいるんですが、それを聞いたらすごく喜びますよ」

　ニコニコしながらそう話してくれるマスター。どうやら、このバーにいろんな種類の日本酒が卸（おろ）されているのは、その友人が協力してくれているからなのだとか。

両角さんが来るまで、私はマスターにお勧めの日本酒を聞いたりして待つことにする。

それからしばらくして、店のドアが開き両角さんが現れた。

両角さんは私の隣に腰を下ろすなり、手元を覗（のぞ）き込んでくる。

「待たせたな……って、今日も飲まずに待ってたのか？」

「……やっぱり先に飲むのは、ちょっと……」

言いながら、隣にいる両角さんをチラ見する。

相変わらず整った目鼻立ちに、綺麗な顎（あご）のライン。確かに王子様と称されるのがぴったりの容姿だと頷ける。

——そりゃあ、女子達がお見合いを阻止したくなるわけだな……

昼間、両角さんのことを話していた女性社員のことを思い出す。

そんなことを考えながら眺めていたら、王子様がこっちを見た。

「ブランデーをロックで。浅香さんは？」

「あ……じゃあ、私はお勧めの日本酒を冷やで」

さっきマスターからお勧めされた銘柄にする。

一息ついた両角さんが、躊躇（ためら）いがちに口を開いた。

「今日は急に呼び出して悪かったな」

「いやな予感しかしないんですけど……なんですか話って？」

おずおずと尋ねた私に、両角さんはマスターに渡されたおしぼりで手を拭きながら、重苦しいため息をつく。

「実は厄介な問題が起きてね。ぜひとも君に助けてもらいたいんだ」

そう言って両角さんが私を見る。

その意味ありげな視線も気になるけど、言われたことの方が気になった。

「助ける……？」

両角さんはフッと息を吐いてから、体ごと私の方を向いてきた。

「俺の恋人になってもらえないか」

――…………ん？

彼の言ったことがよく理解できない。

「すみません、もう一回いいですか？」

「俺の恋人になって欲しい、と言った」

「無理です」

即断ったら、両角さんの顔が引き攣った。

「おい、少しは考えろよ……傷つくだろうが……」

「えっ……だって、両角さんが急に変なこと言うから！」

「変なことじゃない、こっちは真剣に頼んでるんだ」

――真剣って……恋人になれってことを？　ますます分からない……

動揺と困惑から、頭の中がクエスチョンマークでいっぱいになる。

「俺だってこんなことを頼むのはさすがに心苦しいが、今すぐ恋人を作らないといけない事情があるんだよ！　とりあえず話を聞け！」

――うわ、逆ギレされた……

やっぱりいやな予感は的中した。またもや面倒事の予感しかしない。

ちなみに、今このバーにいるのは私達とマスターだけ。

マスターは、さっきから私達の会話に苦笑しっぱなしだ。

「まあまあ、ちょっと飲んで落ち着いて。はい、どうぞ」

笑顔のマスターがブランデーと日本酒をカウンターに置く。私達はそれを手に取り、お互いを見て軽く掲げてから一口飲んだ。

「「はあ……」」

そして、同時にため息をつく。

マスターにお勧めされたのは、中部地方の酒蔵が造る純米吟醸。

ほんのり濁りがあるこのお酒は、フルーティで後味がすっきりしていてとっても美味しい。

滅入(めい)りそうな気持ちをお酒で紛(まぎ)らわせていると、両角さんが口を開いた。

「……実は見合いの話が持ち上がってるんだ」

参ったと言わんばかりに項垂(うなだ)れる両角さんに、昼間聞いた女性社員の話が脳裏に蘇(よみがえ)る。

「私、今日その話聞きましたよ」

「もう広まってんのか!?」

心底いやそうに綺麗な顔を歪(ゆが)める両角さん。

「お見合い相手が、取引先のお嬢様だとかなんとか」

「ああ……取引先の重役の娘で、どこかで俺を見て気に入ったらしい。うちの親を通して話がきたけど、正直困ってる」

御曹司ともなると、やっぱりお見合いの話が来るんだ、と妙に納得してしまった。

よく分からないが、その気がないならお見合いなんてしなければいいと思うんだけど……

「だったら、お断りしたらいいのでは？」

首を傾(かし)げながら両角さんを窺(うかが)う。でも彼は顔を歪(ゆが)ませたまま首を横に振った。

「以前は、仕事に集中したいからといって全て断っていたんだ」

「……全て？　お見合い相手の写真を見て気になる人とかいなかったんですか？」

「さあ。顔も覚えてないから、いなかったんじゃないか」

つい思ったことが口から出てしまい、ハッと口を噤む。

でも両角さんはそんな私に構わず話を続けた。

「ただ、どうしても断り切れず見合いを受けたことがあったんだ。そうしたら、他が断りにくくなってさ。海外や地方に行っている間は平穏だったのに、本社に戻った途端、山ほど縁談が舞い込んできて……本当に面倒なんだ。さすがに毎度毎度断るのはもう限界。素が出そう」

「それは、お疲れ様です……」

額に手を当てて、項垂れる王子様……いや、両角さん。

モテない人からすると贅沢だって反感買いそう。でも、本人にとっては切実な問題に違いない。断るのだって、仕事の関係者だったら気を使うだろうし……

でも、それなら逆に、今の状況を利用してしまえばいいのではないだろうか。

「あの、だったらいっそのこと、お見合いをして相手を決めてしまえばいいのではないでしょうか。いわゆる婚約者というやつですね。相手が決まっていれば、もうお見合い話はこなくなるのではないかと……」

「……俺に見合いの話があると、何故か女性社員からのアプローチが増えるんだ」

私の提案に対し、両角さんが半眼になる。

「酷っ」

――そういや、そんなこと言ってたな……

私は昼間会社で聞いた女性達の会話を思い出す。

「一時期、出勤時と退勤時に毎日待ち伏せされたことがあって、メンタルを相当削られた。あのキャラだから寄ってきやすいのかもしれないが、どんなに断っても言い寄ってこられるのは恐怖でしかない」

「こ、こわ……」

それは私でも怖いと思う。

両角さんはブランデーを一口飲むと、はーと息を吐いた。

「今の俺には結婚や恋愛について考えている暇はない。ましてや名家の令嬢とか本当に無理。素はこれだからな。そんなことで悩む時間すら勿体ない」

「お、おお……」

きっぱりと言い放つ両角さんに若干おののく。

でも……結婚も恋愛もしたくないのに、なんで私に恋人になれとか頼んでくるんだろう？

なんて考えていたら、彼が真剣な顔で私を見る。

「そこで、君だ」

「私？」

「君は家族や親族以外で俺の本性を知る、唯一の女性だ。言い換えれば、俺が気を使わずに素でいられる相手でもある」

――は……？

両角さんを見ると、彼はカウンターに腕をのせこちらに身を乗り出してくる。

その動きにますますいやな予感がしてたじろぐ。

「いや、ちょっと。待ってくださいよ」

彼から逃げるように体を反らせると、両角さんがさらに私に詰め寄ってきた。

「だから。君に俺の恋人役を頼みたい」

――ん？

「恋人……役？」

思わず私は眉をひそめる。

「君が言った通り、決まった相手がいればそれを理由に見合いを受けずに済む。それに、交際を断る理由もできて一石二鳥だ。しかも相手は俺の本性を知っているからキャラを作ってご機嫌をとる必要もない！　君以上に、俺の恋人役に適任な女性は存在しない」

今両角さんが言ったことを頭の中で整理する。

つまり、面倒なお見合いや女性からのアプローチを断るために、私に偽の恋人として矢面に立てと。

――いや、ありえないから、それ。

「絶対にいやです」

私がきっぱり断ると、また両角さんがグッと詰まる。

「大体、私が恋人だって言って周囲が納得すると思います？　絶対にしませんって！」

さっき私が言ったのは、皆が諦めざるを得ない完璧な相手を見つけたらいいという意味だ。その相手は、決して自分ではない。

「両角さんの望む結果を出すには、私では力不足ですよ」

だって、こんな超イケメンでハイスペックな両角さんの彼女が、特にこれといった取り柄もなく見た目だって普通の私だなんて、絶対に誰も信じないと思う。

それに……この前うちの部署に両角さんが現れた時の、女性達の視線の凄まじさといったら、もう……!!　あの日の突き刺さるような鋭い視線を思い出し、私はぶるっと震えた。

あれですら怖かったのに、もし私が両角さんの恋人だなんて知られたら、一体どんな目に遭うか分かったもんじゃない。

「……無茶な頼みというのは充分承知している。それでも、助けてもらえないか。本当に今、困っているんだ。常務としての仕事を覚えるのに加え、後継者として勉強しなくてはいけないことが山ほどある。そんな中、見合い話への対応やら女性社員のアプローチなんかに付き合っている暇はない。おまけにキャラのイメージがあって、どんなに行動の行き過ぎた相手にも、強く出られないからストレスが半端ない」

真剣な表情で私に心情を吐露する両角さんに、こっちは困惑してしまう。

「両角さんが大変なのは分かりました……けど、それならやっぱり恋人役が私じゃ、意味ないですよ。むしろ、自分にもチャンスがあると思って、さらに女の人が言い寄ってくるに違いありません」

「そんなことはない。確かに、君が唯一素を出せる女性だからという点もあるが、それだけでこんなことを頼んでるわけじゃない。何度か一緒に飲んで、君になら任せても大丈夫だと思ったから、こうして頼んでるんだ」

そう言われても、さすがに分かりましたとは言えない。

私が黙ったままでいると、両角さんが言葉を続ける。

「もちろん、君に直接被害が及ばないよう、できるだけのことはする」

「……いや、でも……」

そんな風に言ってもらっても、こればかりは簡単に受け入れられない。

すると、両角さんがふーっと息を吐き、気まずそうに私から目を逸らす。

「君には、それなりにリスクを負ってもらうことになるし、もちろんタダでとは言わない」

「は……それはどういう……？」

まさか、お金を支払うってこと……？　と眉をひそめる。

「恋人役を引き受けてくれるのなら、好きなだけ酒を奢る」

「…………えっ」

その申し出に、思わず反応してしまった。

週に半分以上（休肝日あり）お酒を嗜み、美味しいつまみに舌鼓を打つ生活をする私。

当然、一ヶ月の酒代はかなり高い。

その費用を捻出するため、長期休暇の旅行はもちろん、自分にかけるお金も最小限に抑えて、つつましやかな生活を送っているのだ。

そんな私にとって、両角さんの申し出はかなりありがたい。

――でも、それってどうなの。酒代につられて面倒くさそうなことをＯＫするって、プライド捨ててない？

プライドを捨ててでも酒代を取るか、それとも面倒事を回避するか。

「……っ、そんな、ことで分かりましたなんて……」

ものすごく悩んだけど、プライドが勝った。

だけどここで、両角さんがさらなる条件をプラスしてきた。

「……俺が持っている希少な日本酒も全部譲る。これでどうだ？」

その交換条件は、はっきりいって反則レベルだ！

「……き、希少な日本酒を、全部……!?」

超魅力的な話に、一気に心が傾く。

――ど、どうしよう……どうしたらいいの……

これまでの人生で、こんなに悩んだことがあっただろうか。いいや、ない。

ぐらぐらと心を揺らす私に、両角さんはおもむろに取り出したスマホを操作し、ある画像を私に見せた。

それは入手が困難すぎて、幻とまで言われている日本酒の画像だった。

「……こ、これはっ……幻と言われる超有名な……!!」

思わずスマホ画面に食らいつく私。

「そう。九州支社に行った時に取引先からいただいたんだ。これ、旨いよな」

「の、飲んだことありません……まさか、これも……？」

恐る恐る尋ねると、両角さんが王子様スマイルを私に向ける。

「もちろん。恋人になってくれたらだけどな。このまま家に置いといても、友人……アルコールならなんでも一緒というヤツだが、そいつに全部飲まれるだけだからな」

「そ、そんな！」

――こんないいお酒を、そんじょそこらのアルコールと一緒にするなんてっ……勿体ない！

ある意味、日本酒を人質に取られたような状況だ。

見事に弱点を突かれた私は、咄嗟に次の言葉が出てこない。

こんなこと引き受けたら、絶対に面倒くさいことに巻き込まれるのが目に見えている。

それこそ平和だった私の日常が一変してしまうかもしれない。いや、確実にそうなる。

理性で考えたら、間違いなく断った方がいい案件だ。

でも――

「……恋人役って、何をすればいいんですか……？」

私がそう呟いた途端、両角さんの目に期待するような光が宿る。

「難しいことは何もない。たまに一緒に帰ったり、デートするところを周囲に見せたりするくらいだ」

「本当にそれだけですか？　ほら、漫画とかでよくあるじゃないですか、美しく変身してパーティーに同伴したり、セレブなお友達が主催するバーベキューに参加したりとか。私、そういうのは無理ですよ」

一瞬、間を置いてから両角さんが口を開いた。

「想像力が豊かなのはいいことだが、当分パーティーに参加する予定はないし、バーベキューもしない。今の俺に、セレブな友達と遊んでいる暇はないんでね。安心してくれ」

「本当ですね？　絶対ですね？」

「嘘なんかつかない。ただ、彼女について聞かれたら、君の名前を出させてもらう」

――仕方ない、乗りかかった船だ……

観念した私は、渋々それを承諾することにした。

「……分かりました……でも、ずっとじゃないですよね？　ちゃんとお役御免になる日は来るんですよね？」

「そんなに俺の恋人役はいやなのか？」

勢い込んで確認する私に、両角さんはどこか傷ついた様子で眉をひそめる。

「当たり前ですよ！　自分がどれだけモテるか自覚してないんですか!?」

思わず声を上げる私に、両角さんがうっとなる。

「迷惑をかけないように気をつける。君はこれまで通りでいいから」

晴れ晴れとした表情の両角さんから視線を逸らし、ぼそりと呟く。

「いや、そんなの無理でしょ……」

自分で決めたことだけど、これからのことを思うと気が重くなる……

「本当に助かった。君には素で話せるし、それだけでも随分気が楽なんだ」

「そ、そうですか……」

しみじみとそう言う両角さんを見ながら、私はそっとため息をつく。

本性を出したくても出せない両角さんには、私には分からない気苦労があるのだろう。

私は手元の冷酒杯に視線を落とし、それを口に運んだ。

――面倒事は避けたいけど、日本酒好きとしてはこのチャンスを逃せないよね……

恋人役といっても期間限定だし、まあ、なんとかなるだろう。

そんな風に、高(たか)を括(くく)っていた私。

しかし、この数日後――

恋人役を引き受けたことを激しく後悔することになるのだった。

四

「――ねえ、浅香さんってあの人でしょ？」

「あんな人いたのね、全然気がつかなかった……っていうか、存在感薄くない？　見た目も普通だし……」

「なんであの人が王子様の彼女なわけ？　解(げ)せない……」

出勤途中。すれ違いざまにわざわざ聞こえるボリュームで嫌味を言われ、げんなりする。

——はいはいはい、そんなこと言われなくても分かってますよ……

このところ毎日こんな感じなので、もはや驚くこともショックを受けることもなくなった。

私は平常心を保ちつつ自分の部署に向かう。

両角さんの恋人役を承諾してから、数日後。

王子様が結婚を考えている女性がいるからとお見合いを断った——という出所不明の情報が瞬く間に社内に広がった。

その情報に女性社員達は騒然となり、王子様の相手を見つけ出すことに躍起になった。

この時点では、まだ私の名前は表に出ていなかったのだが……

それからすぐ、お見合いを断ったばかりの両角さんに告白する猛者が現れたのだ。

その女性に対しても、両角さんはお見合いの時と同じように恋人がいるからと断った。

しかしその猛者は、恋人について教えてくれなければ諦めないとしつこく食い下がり、仕方なく彼は恋人の名前を明かした。

『恋人は、人事部の浅香美雨さんだ』と——

その日を境に、私は敵意と好奇の入り混じった視線に晒される日々を過ごすことになった。

――覚悟はしてたけど、まさかこんなに早くその日が来るとは思わなかった……

パソコンに向かいキーボードを叩きながら、人知れずため息をつく。

周囲の騒ぎを懸念してか、直属の上司からわざわざ個室に呼び出され、噂の真偽を問い質されたくらいだ。

上司に嘘をつくのは心苦しかったが、幻の日本酒のために肯定しておくと、呆気にとられた顔をされた。

『こっちに配属になってから間もないのに……いやはや、驚いた』

ですよね。そう思っちゃいますよね。私もまさかの展開にびっくりです。

とにもかくにも、これまで注目を浴びることなどまったくなかった私が、王子様の恋人としてあっという間に社内中にその存在を知られることとなったのである。

ある程度注目されることになるだろうとは想定していたが、まさかここまで注目されるとは正直考えていなかった。

自動販売機で砂糖入りのコーヒーを買っただけで、王子様の彼女は甘党なのね！　とひそひそ囁かれたり、トイレの個室から出ただけで周囲の視線が私に集中したり……

いざ、こうした事態に直面すると、さすがに困惑した。

経験してみて初めて分かったが、常に人に見られる生活は思っていた以上にストレスが溜まる。今なら両角さんの気持ちが少しは理解できるかもしれない。

——私の場合は、まだ素でいられるからいいけど、両角さんは常に人当たりのいい王子様キャラを作ってるわけだし……それってすごく疲れそう。

息抜きをしないと無理、という両角さんの気持ちが今の私には痛いほど分かる。

分かりすぎた結果、私は昼休みに一人で屋上にいた。

人の目のある食堂では、ゆっくり食事をとることもままならない。それを理解した私は、弁当を持参し、人気のない屋上のさらに建物の陰に隠れて黙々と食事を済ませるようになった。

——前に一度お昼に社食へ行ったら、周囲の視線がすごすぎてまったく食べた気がしなかったんだよね……

それ以来、怖くて社食には行っていない。

私はため息をついて、昨夜のうちに仕込んでおいたほうれん草のごま和えを口に入れる。

酒のつまみを作るのは好きだが、お弁当を作るのはあまり得意じゃない。

——見た目のバランスとかを考えるのが面倒なのよね……

ほうれん草のごま和えの他は、きんぴらごぼうと、朝パパッと焼いた玉子焼き。後は、ごはんをサッと詰めただけの簡単なお弁当。

普段なら、私の弁当の中身なんて誰も見ないだろうが、今は状況が違う。それこそ何を言われるか分かったもんじゃない。

——顔に似て地味とか、ババくさいとか言われそう……

どうやらこの騒ぎのせいで、少し考え方が卑屈になっているようだ。

私はぱくっと玉子焼きを口に入れ、ゆっくりと咀嚼しながら空を見上げる。

——はー、空が青いな……

一体いつまでこんなことが続くんだろうとぼんやり考えていると、こちらに向かってくる足音が聞こえた。

まさかこんなところまで人が？　と咄嗟に身構える。だが、建物の陰から姿を現したのは両角さんだった。

「見つけた。こんなところで食べてるのか？」

「……誰のせいでこうなってるか、分かってます？」

別に怒っているわけではないが、さすがに皮肉の一つも言ってやらないと気が済まない。

私がじろりと睨むと、彼は申し訳なさそうに頭を掻いた。

「もちろん分かってるよ。俺のせいだ」

両角さんは私のすぐ隣まで来ると、そのまま腰を下ろした。

「ぎゃっ!!」

「え？」

明らかに上質そうなグレーのスーツが汚れてしまうことに慌てた私は、急いで弁当を包んでいた大判のハンカチを彼に差し出した。

両角さんは何故私がハンカチを渡してくるのか、分からなかったらしい。

「スーツが汚れちゃうじゃないですか！　これを下に敷いてください」

「ああ、別に多少汚れたっていいよ」

――よくないから……！

黙ったまま目で訴えると、彼は私から受け取ったハンカチの上に座り直した。

「ありがとう。君は意外と気が利くタイプなんだな？」

「そういうわけじゃないですけど……それよりなんでここに？」

常務ともあろう人が、屋上のこんな隅っこに用があるとは思えない。

つっけんどんな私の態度に、両角さんが「つれないな」と苦笑する。

「君に会いに人事部へ行ったら、山口さんに昼はここにいると教えてもらったんだ」

社内にほとんど親しい友人がいない私。そんな中、唯一友人と呼べる相手が山口さんだ。

私が両角さんの彼女だという情報が広まり始めた頃、彼女にだけは両角さんの許可を得てキャラ云々（うんぬん）を除いた本当のことを話していた。

偶然飲み屋で知り合い、常務と知らずに飲み友になった。その後、うちの常務と知って驚いたのだが、その縁で見合いを断るための恋人役を頼まれてしまった、と……

致し方なく期間限定で両角さんの恋人役をやることになったと彼女に伝えたら、山口さんは口を半開きにしたまま固まっていた。しかし、すぐに私の肩をポンポン、と叩いて――

『常務の頼みじゃ仕方ないわ……これからが大変だと思うけど頑張って！　何か困ったことがあったら言ってね？　協力するから』

そう言ってくれた。おそらく彼女は近い将来、私がこういう状況になると分かっていたのだろう。屋上のこの場所を教えてくれたのも彼女だった。

「それで、何か連絡事項でも？」

両角さんの方を見ず、私は黙々と弁当を食べる。

「……当たりがキツイな。まあ、仕方ないけど」

そう言って両角さんは、持っていた手提げ袋から茶色い包みを取り出した。

「これからは、昼はできるだけ一緒にとるようにするよ」

「いいですよ、そんな。私は一人でも平気です」

むしろ、一緒に昼食を食べていると知られた時の周囲の反応の方が怖い。

だけど両角さんは退(ひ)かなかった。

「こうでもしなきゃ俺の気が済まない。多少の反応はあると思ってたが、これは予想外だった。君には本当に悪いと思っている」

――予想外って……この人、自分がどれだけ人気あるのか本当に分かってないんだな……

弁当を食べる手を止めて、隣に座る両角さんを見た。

「私は納得した上で、この役目を引き受けたんですから。気にしなくてもいいんですよ」

やれやれ、という心境でため息をついたら、両角さんが手提げの紙袋を差し出してきた。

「……なんです、これ」

「俺のお勧めする、酒のつまみ」

袋の中を覗き込むと、瓶詰めやら真空パックやら、いろんなものが入っている。

私が問うような視線を向けると、気まずそうに視線を逸らされた。

「今更だが、状況を甘く見ていた。安易に恋人役なんて頼んだことを今は反省してる。こんなんじゃ詫びにもならないと承知してるが、せめてもの償いとして受け取ってくれ」

真顔の両角さんの勢いに押され、つい紙袋を受け取ってしまう。

「じゃ、じゃあ……遠慮なく……」

しかし、両角さんのチョイスのおつまみか、きっと美味しいに違いない。状況を忘れてつい期待に胸を膨らませてしまう。

――これは……ちょっと、いやかなり楽しみかも……

さっきまでの憂鬱な気持ちはどこへやら。すでに今日の晩酌が楽しみになってきた。我ながら単純である。

そんな私の隣で両角さんが、茶色い包みを開けて出てきたパンにかぶりつく。見た感じはカレーパンっぽい。

――王子様が、カレーパンを食べている……

なんだか珍しいものを見ているような気がして、つい凝視してしまった。

「……何。浅香さんも食べたいの？　味見する？」

私の視線に気がついた両角さんが、食べかけのパンを割り、口をつけていない方を差し出してきた。

「いえ!!　そんなつもりでは」

「そう言わずに食べてみなよ」

強引に勧められると断りづらい。おずおずとパンを受け取り、口に入れる。

生地の周りはサクサク、中はしっとり。カレーもそこまで辛くなくて、どちらかというと日本人の口に合うまろやかな甘さで、なんとも私好み。

「美味しいですね、このカレーパン」

「だろ？　友人が買いに行くっていうから、俺の分も頼んで買ってきてもらったんだ」

正面を向いたまま黙々と食べる両角さん。だけど、お昼ってもしかしてこのカレーパンだけなのだろうか。少なすぎやしないか。

「両角さん、これだけでお昼足りるんですか？」

「ああ、あんまり食べても眠くなるし……君は手作り弁当か」

「えっ」

今度は両角さんが私の弁当を覗き込んできた。

「へー、玉子焼きがある。甘め？　それともしょっぱめ？」

「出汁をきかせて、甘さは控えめです」

「いいね、好きなタイプだ」

いまだに弁当から視線を外さない両角さん。これはもしかして食べたいということか？

「……食べますか？」

顔を上げた彼の目がきらりと輝く。

「いいの？」

「……どうぞ」

「じゃあ、遠慮なく」

弁当を差し出すと、両角さんがひょいっと玉子焼きを摘まみ、そのまま口へ運んだ。

料理の腕にあまり自信はないが、たぶんマズくはないはず……

緊張しながら両角さんの反応を待っていると、彼が私を見てにこりと微笑む。その笑顔につい ドキッとしてしまう。

「うん。俺好みの味だ」

「よ……よかったです」

ドキドキしているのを悟られないように、私は両角さんから目を逸らした。

――いけないいけない、うっかり王子様スマイルにやられるところだったよ。

「そ、それより、恋人がいると公表した効果はどうですか。少しは落ち着きました?」

私は無理やり話題を変えて、気になっていたことを聞いてみる。

そのために恋人役を引き受けたのだ、少しはマシになってくれないと困る……

だけど両角さんの表情は浮かない。

「おかげさまで面倒な見合いは断ることができた。……ただ、女性からのアプローチが思ったより減らない。というか、むしろ増えたかもしれない……」

それを聞いて、やっぱりと思った。

「まあ、想定内ですね……両角さんの彼女が私みたいにごく平凡な女だと分かったら、自分に自信のある女性だったら奪えると思って当然です」

だから最初にあれほど無理だと言ったのに、とため息をつく。

すると両角さんがじっと私の顔を見つめてきた。

「君の言う基準がよく分からないんだけど、俺はそうは思わない」

「……はっ？」

「だから、俺は君のことを平凡だなんて思ってないってこと」

――突然、何を言い出すんだ、この人は……

場合によっては口説いているようにも受け取れる彼の言葉に、普段こういったことを言われ慣れていない私は大いにテンパった。

「とっ……とにかく！　このまま続けてもあまり効果は期待できないってことです！」

力強く断言した私に、何かを考えるそぶりを見せた両角さんが、じゃあ、と口を開く。

「周囲にもっと仲がいいところを見せつけて、付け入る隙がないことをアピールしようか。仕事を調整するから……週のうち何日かは一緒に帰ろう」

「い、一緒に帰る⁉　さらに注目浴びちゃうじゃないですか」

「当たり前だろ。そのためにやるんだから」

「そ、そうですけど……」

分かってはいるけど、できればこれ以上、周囲を刺激したくないというのが本音だ。

やだなーと思ったのが、はっきり顔に出ていたのだろう。両角さんが猫をかぶった極上の笑顔で私に圧力をかけてくる。

「やるよな?」

「……はい、やります……」

――くっ、仕方ない。これも、幻の日本酒のためだ……!

ここまできたら、もうとことん付き合うしかない。

そう腹を括(くく)って、私は頷いたのだった。

五

両角さんはとにかく忙しい。

今日は、午後から北関東にある新工場の視察に行くと言っていたし、明日は九州へ行くと言っていた。なんでも多忙の社長をサポートするため、ここ最近は社長の代理としてイベントや視察に赴(おもむ)くことが多いのだそうだ。

そんな中、周囲の目を欺(あざむ)くためにわざわざ時間を割(さ)いてまで、私と一緒に帰ろうとするなんて。

——そんな時間があったら、休めばいいのに。

それか、もっと適任の女性を探した方が早いのではないかと思ってしまう。

そんなことを考えながら待つこと数日。スマホに両角さんからメッセージが届いた。

【今日は一緒に帰ろう。部署に迎えに行く】

——げっ。ここに来るの？

けれど、そもそも目立つのが目的なのだったと思い出す。

周囲の反応を想像して憂鬱（ゆううつ）になりながら、私は黙々と仕事をこなした。

そして、ついにその時がやって来る。定時を迎えてから二十分ほど経過した頃……

「浅香さん」

——来た。

振り返ると、そこには王子様キャラ全開の両角さんがいた。

このフロアは人事部と総務部が一緒に入っているので、事務職の女性社員が多い。その女性の目が一斉に両角さんに集中する。

王子様の口から私の名前が出た瞬間、周囲の女性達から悲鳴のような声が上がった。

同時に、私には刺すような視線がグサグサと突き刺さってくる。

「——やだ、本当に浅香さんと……？」

「信じられない、なんで王子の相手があんな普通の人……？」

敵意剥き出しの視線と隠す気のない陰口に晒されつつ、やれやれと重い腰を上げる。

そんな私に、唯一温かい視線を送ってくれるのは、山口さんだけ。

だが彼女もまた、周囲の反応の大きさに困惑しているようだった。

「す、すごいわ……さすが王子様ね……浅香さん大丈夫？」

「はあ、さすがに……少し慣れてきましたけど、やっぱりメンタルはやられますね」

「そりゃそうでしょ。じゃ、気をつけてね。お疲れ様」

そう言って、山口さんは両角さんにも会釈する。

「はい……お疲れ様でした」

部署のみんなに退社の挨拶をしてから、両角さんの側へ行く。引き攣った表情の私に対し、両角さんは余裕の笑みだ。

「じゃあ行こうか？」

「はい……」

背中に矢のような視線を感じながら、両角さんの後に続いて部署を出た。

しばらく会話もせず並んで歩いていたのだが、ある程度進んだところで限界とばかりに大きく息を吐き出す。

「あー、怖かった……」

ホッとして胸を撫で下ろしている私の背中をポンポンと叩きつつ、両角さんが小声で囁いた。

「まだ気を抜くなよ。どこで誰が見てるか分からないからな」

「……はい、そうでした」

部署からは離れたが、廊下ですれ違う人達がちらちらとこちらを見ている。私はぐっと背筋を伸ばし、両角さんの隣に寄り添った。

――やれやれ。社内ではほとんど気が抜けないんだな……

「両角さんって、いつもこんなに人から見られてるんですか？」

「普段はそうでもないよ。今は二人でいるからだろ」

――そうかなー。たぶん本人が気づいていないだけで、かなり見られてると思うんだけどな。

背が高くて脚は長いし、細身に見えて肩幅がしっかりしてて男らしいし。さらに、顔も整っている。こんな神様から二物も三物も与えられているような人なら、いやでも注目されるというものだ。

本当に、普通すぎる自分との違いにため息が出てしまう。

「何、ため息なんかついて」

「……見てたんですか？」

「たまたま目に入っただけ。それよりどうするこの後？」

「そうですね……」

どうしようかな、と思っていたら、こっちをじっと見ていた女性社員に、すれ違いざまきつく睨みつけられた。

――ひーっ！　こわっ!!

思わず怯んで立ち竦む。すると、両角さんがさりげなく女性の視線を遮る位置に移動した。

「よし。食事に行こうか？」

キラキラ笑顔で私の肩を抱いてくる両角さんに、ギョッとする。

だけど今日の目的を思い出して、私も腹を括った。

――彼女に見えるように、彼女に見えるように……！

呪文のように心の中で何度も唱えつつ、隣にいる両角さんにぴったりと体をくっつけた。

「い、いですね。楽しみです！」

ぎこちないながらも笑みを浮かべて両角さんを見上げると、極上の笑みが返ってきた。

「じゃあ、美雨の好きなものを食べに行こう」

「みうッ……」

突然の名前呼びと麗しい笑顔に意識が飛びそうになったが、なんとか耐えた。

──その笑顔で名前を呼ぶのは、反則です……!!

心の中でダラダラと大汗をかきながら、私達はエントランスの前に横付けされていた彼の車に乗り込んだ。

走り出した車の中で、周囲の目から逃れられた解放感でどっと力が抜けた。

「……会社を出るだけでこんなに疲れたのは初めてです」

助手席に沈み込んでぐったりしている私に、両角さんは呆れ顔だ。

「あからさまだな、オイ。もうちょっと恋人らしくしてろよ」

さっきまでの笑顔が嘘のように眉をひそめて、彼が華麗にハンドルをさばく。

両角さんの車はドイツ製のＳＵＶ。インテリアパネルはブラックで統一され、メーターパネルはスポーティ仕様。おそらくシートは本革製だ。車内はあまり物がなくすっきりしていた。

「これ、新車ですか？　すごく綺麗ですね」

「いや……買ったのは一年前かな。そんなに乗ってないから汚れないんだ」

「そうですか……あ、適当なところで降ろしてくださって結構ですよ。この辺まで来れば、会社の関係者もいないだろうし……」

ここから一番近い駅はどこかな、とキョロキョロしていると、両角さんの呆れた声が飛んできた。

「何言ってんだ。食事行くって言ったろ？　このまま行くぞ」

「え？　あれ本気だったんですか？」

てっきりあの場を切り抜けるための嘘だと思っていた。

「あのな……俺は冗談であんなことは言わない。まして、君には極めて個人的なことで迷惑をかけてるんだ、食事くらい奢らせてくれ」

「そ……それは、ありがとうございます……」

「で、何か食べたいものはある？」

言われてうーん、と考える。

「食べたいもの……なんだろ？　いつも夕飯は晩酌メインで考えているので……」

私が首を傾げていると、チラッと視線を寄越した両角さんにフッ、と鼻で笑われた。

「そうだった。君は『飲んべえ』だったな」

「……まあ、否定はしませんけど」

「じゃあ、健康のために野菜でも食べるか」

「野菜かあ。いいですね」

健康のためには、日頃から意識してもっと野菜を食べた方がいいな。特に、私みたいに酒ばっかり飲んでる人間は。

「よし、じゃあ決まり」

どうやら目的のお店があるらしく、彼は二十分ほど車を走らせて大きな商業ビルの地下駐車場に車を停めた。

私は初めて入るビルに興味津々。キョロキョロしながら両角さんの後をついて行くと、彼はとある店の前で立ち止まった。店の入口には、【洋食BAR】と書かれている。

「……洋食屋さん」

「そう。以前友人と食事したことがあるんだ。この店、ビールも旨いが、とにかく野菜が旨かったんだ。ここの野菜は全て契約農家から仕入れた有機野菜らしい。日本酒じゃないけど、いい？」

「もちろん大丈夫です」

彼が入口のドアを開けてくれて、中に入る。すぐにスタッフの女性が寄ってきて、席に案内してくれた。それぞれの席が隣と区切られていて半個室みたいになっているのは嬉しい。

「いいですねー。こういう座席なら、会社の人にも見つかりにくそうですし」

「それも考えてこの店にしたんだ。俺は運転があるから飲めないけど、君は飲んでいいぞ。ここのビールはどれも旨かった」

「へえ……両角さんのお勧めならいただこうかな」

普段日本酒ばかり飲む私だが、決して他の酒が飲めないわけではない。ビールだってワインだって好きだ。一人だけ悪いなーと思いつつ、勧められたビールを注文する。

食事は、バーニャカウダと二人とも野菜のグリル&キーマカレープレートを注文した。

「両角さんも野菜が足りてないんですか？　ちゃんとしたご飯を食べてそうなのに」

御曹司だし、きっと毎日いい物食べてるんだろうなあ、と勝手に思い込んでいた。

――でも、この前のお昼はカレーパンだけだったし……意外とそうでもない？

「一応、気をつけてるけど、忙しい時は結構抜いてるな。一人暮らしだし、野菜買っても全部使いきれないから、あんまり買わないいんだ」

両角さんはスーツの上着を脱いで隣に置くと、一息つくようにソファーに凭れた。

「……え？　両角さんって、一人暮らしなんですか？」

「そうだよ」

すぐに運ばれてきたソフトドリンクを飲みながら、なんでもないことみたいに言う。

「私、ご実家に住んでいるんだとばかり思ってました……」

注文したビールに口をつけながらぼそっと漏らす私に、両角さんが淡々と話し出した。

「二年前、本社勤務になったのをきっかけに家を出たんだ。父親と同じ職場で、その上帰る家も一緒ってどうかと思ってさ。親子だけど、仕事とプライベートは分けたいからね」

「じゃあ、掃除とか洗濯とか自分でやってるんですか？」

「当然。今朝も洗濯物干してから出勤した」

「えーっ、なんというか意外です！」

――御曹司って、なんでも誰かにやってもらえる生活なのかと思ってた。

「これくらい誰だってしてることだろ」

驚く私を見て、両角さんが呆れる。

「まあ、そうなんですけど……」

一般庶民なら当たり前だけど、御曹司ともなると違うのかと思ってたから、そのギャップに驚いてしまう。

私は気持ちを落ち着かせようとビールで喉を潤した。それにしても、このビールの旨いこと。

フルーティで苦みがあまりないから、苦いのが苦手な人にはうってつけだろう。

私は苦いビールも好きだけど、これくらいフルーティなビールも飲みやすくていいかも。

さすが、両角さんお勧めのお店だけあって美味しい。

しっかり味わいながらも、ついごくごく飲んでいると、両角さんにじっと見られていることに気づく。

「いい飲みっぷりだな。酒強いんだ？」

改まってそう言われると、女子としては少し恥ずかしい。

「どうでしょうか……一度にたくさん飲むわけじゃないので。でも、弱くはないかな。女としては可愛くないかもしれませんけど」

うちの父も母も酒を飲んでもあまり顔に出ない。ゆえにこの体質は遺伝だと思う。

――飲み会に行くといつも思う。頬を染めて酔っ払っている女の子の方が断然可愛い。私なんて最後の方はもう酔いも覚めちゃって、平然としてるし。

ついそんな自虐的なことを言ってしまったら、すかさず両角さんのフォローが入る。

「そんなことはない。少なくとも俺はすぐ酔ってしなだれかかってくる女性より、君のように平然と飲み続けている女性の方が一緒に飲んでいて楽しい」

「いいんですよ、そんな気を使ってくれなくても」

苦笑すると、両角さんの口元に自然な笑みが浮かぶ。

「気なんか使ってないし。……まあ、いいけどな」

彼の小さな呟きに反応しようとしたら、注文したバーニャカウダが運ばれてきた。

キャベツにきゅうり、玉葱に人参、大根、蕪（かぶ）にパプリカとラディッシュ。彩り（いろど）豊かな野菜の登場だ。しかも量が多い。

大人二人で食べるには充分すぎる量があった。

「うわ、こんなに量があるんですか！」

「そうなんだよ、以前来た時なんて、これを友人と一人一つずつ注文したら、食べきるのが大変だった」

クスクス笑いながら両角さんが野菜に手を伸ばしたので、私も野菜を手に取る。

熱々のソースにきゅうりをつけ、一口齧った瞬間、野菜の甘みと水分が口の中で弾けた。

「美味しい‼　きゅうりが甘い！」

「だろう。やっぱりここの野菜は旨いな」

生野菜は新鮮で瑞々しく、下茹でしてある野菜は甘みが強い。そしてどちらも味が濃い。

――何これ。予想以上の美味しさ……！

「これ、いくらでも食べられちゃいますね」

パクパクと食べ進めながら言うと、両角さんも同意して頷いた。

「ああ。でも、セーブして食べないと、この後のメインが入らなくなるぞ」

「確かに……」

両角さんの忠告を受けて、ある程度食べたところで手を止めメインの料理を待つことに。

こういう時、どんな会話をしたらいいんだろうと考えていると、先に口を開いたのは両角さんだった。

「普段、どんな食生活してるんだ？　自炊？」

冷たいウーロン茶を飲みながら、私に柔らかな視線を送ってくる。

「そうですと言いたいところですが、夜は大抵居酒屋で済ませちゃいますね。家では簡単な朝食と、最近は社食に行きにくいのでお弁当を作るくらいです」

「本当、申し訳ない」

私の言葉からいろんなことを察したらしい、両角さんがばつの悪そうな顔をする。

「大丈夫です。それより、両角さんはどうしてるんですか？　あんまり自炊をしているようには見えませんが」

「酷いな。俺だって一人暮らし歴はそこそこあるんだ、ある程度のことはできる」

「へ～。王子様が料理もできるなんて女性達が知ったら、また人気上がっちゃいますね」

「勘弁してくれよ。人気なんかいらないから普通に接して欲しいんだよ、俺は」

いやそうにしているところを見ると、本当に参ってるんだな、と思う。

会社ではいつもニコニコキラキラの王子様なのに、素だとこう。

王子様キャラより、私は断然こっちの方がいいと思ってしまうんだけど。

「……両角さんは、素の方がいいですよね……」

なんとなく思っていたことが、ぽろりと口からこぼれた。

よく聞き取れなかったのか、両角さんが顔を上げる。

「何？　こっちがなんだって？」

「いえ、なんでもないです。あ、カレーがきましたよ」

若い女性スタッフが、注文したプレートを両手に持って現れた。さっきのバーニャカウダもボリュームがあったけど、メインのプレートも野菜がたくさん載っている。

「うわ。こっちもすごい山盛り。全部食べられるかな」

「旨いから意外といけるぞ。じゃ、いただきます」

彼に倣って私も手を合わせる。

カボチャと蓮根、ジャガイモにゴボウ。素揚げしたそれらがキーマカレーに添えられていた。

メインのカレーもそんなに辛くなく、ひき肉と野菜の甘みがしっかり出ていて食べやすい。

見た目のボリュームはすごいけど、彼の言う通り意外と全部いけそうだ。

「これも美味しいです。この一食だけで、かなり野菜がとれますね」

「そうだろ。ここに来るとついつい食べ過ぎるんだよな」

「確かに」

両角さんの言葉に、私も笑って頷く。

食事をしながら、この野菜の味がどうだ、食感がどうだと話をしていたら、お互いにペロリと平らげてしまった。一人だと簡単に済ませてばかりだったので、久しぶりにお腹いっぱい食べた気がする。

「満足した？」

メインのプレートを食べ終えた両角さんは、残っているバーニャカウダの野菜をポリポリと囓っていた。

「満足です。普段こんなに食べることないから、お腹がはちきれそうですけど、野菜がたくさんで美味しかったです」

「それはよかった」

満足そうに微笑む両角さんは、食後のコーヒーを勧めてくれたけど、さすがにもう無理。

注文した物を全部綺麗に平らげた私達は店を後にした。

再び車に乗り込み、家まで送ってもらうことに。

「今日はご馳走さまでした、でも、なんかすみません、いつも……」

さすがに毎回奢ってもらうのは心苦しいので、今日は半分出すと申し出たのだが、両角さんは頑として譲らず。結局また奢ってもらってしまった。

「迷惑かけてるのはこっちなんだから、気にするな。それに、どこか行きたい店があったらまた連れてってやるから、遠慮なく言えよ」

「えっ、いいですよ、そんな……」

私が遠慮すると、両角さんが「いいから!」とぴしゃり。

「食事を奢るくらいたいしたことじゃない。それに、好きなだけ酒を奢ると約束しただろう? だから君は、素直に甘えてればいいんだ」

きっぱり言われてしまい、これ以上遠慮できる雰囲気ではなさそう。

――まあ、いいか。今は彼の厚意に甘えても。

それなりに大変な役目を請け負ってるもんな、と自分を納得させている私に、両角さんが躊躇いがちに話を振ってくる。

「あのさ。もし俺がらみのことで理不尽な目に遭うようなら、すぐに言ってくれ。できる限りのことをするから」

「分かりました。でも今のところ、嫌味言われたり睨まれたりするくらいなんで大丈夫ですよ」

彼を安心させようと思って言ったのに、何故か両角さんは信号待ちで停車した瞬間、ハンドルを掴んだままがっくりと項垂れてしまった。

「あのな……全然大丈夫じゃないだろう。今はまだいいかもしれないが、エスカレートする可能性だってなくはないんだ。ヤバいと思ったらすぐ俺に言ってくれ。いいな？」

思いのほか両角さんが真剣だったので驚いたけど、素直にはい、と返事をする。

それを見た両角さんが、やっと安心したように表情を緩（ゆる）め、信号が青になったタイミングで車を発進させた。

――結構心配性なのかな？

そんなことを考えながら、横にいる両角さんを見ると、黒ぶちの眼鏡をかけてハンドルを握っている。聞けば視力がそれほどよくないそうで、夜に運転する時は眼鏡をかけるのだそうだ。眼鏡姿も様（さま）になっていて、どこからどう見てもイケメンだ。王子様に死角無し。

そんな眼鏡イケメンの両角さんは、ナビを使わなくても、迷うことなく私のマンションまで辿（たど）り着いた。

「一度来ただけなのに、よく場所を覚えてましたね」

「いや、実は俺のマンション、ここからそんなに離れてないんだ。だからすぐ覚えられた」

なんと。そんな偶然があったのかと驚く。

でもよく考えれば、私が頻繁（ひんぱん）に行く居酒屋の近くのバーが行きつけなのだから、そういうこともありえるか。

両角さんはマンション前の道路に車を停めると、ハンドルに腕をのせて私の住む建物を見上げる。

「ワンルーム？」

「はい。それとここ、女性専用なんですよ」

「へえ。じゃあ、彼氏がいる女性はどうするの？」

「彼氏もダメですよ、入れません」

それを聞いて、両角さんは目を丸くする。

「えらく厳しいな」

「でも住んでる方からすれば安心ですよ。エレベーターでも女性にしか会いませんし。じゃあ、今日はありがとうございました」

「いや、こっちこそメシ付き合ってくれて、どうも」

両角さんに会釈（えしゃく）して車を降りようとすると、「ああ、待って」と声をかけられた。

「忘れてた。これ、持っていって」

両角さんは後部座席から、梱包材に包まれた一升瓶を取り出し私に渡してくる。

梱包材の隙間からうっすら見えるラベルには見覚えがあった。

「こ、これはっ、例の……幻の⁉」

「そう。約束してた日本酒。どうぞ受け取って？」

緊張しながら一升瓶を両手で受け取ると、両角さんがぷっと噴き出す。

「なんでそんなに緊張してるの。おかしいんだけど」

「だって！　ほとんど手に入らない幻のお酒ですよ!?　大事にしなきゃ！」

ついつい一升瓶を赤ちゃんのように腕に抱えたら、また彼に笑われた。

「まあ、そこまでしてもらえたら、譲る甲斐があるってもんだ」

「はい、大切にします！　それじゃあ」

一升瓶を抱えたまま車を降り助手席のドアを閉める。するとすぐに歩道側の窓が開く。

「今日は楽しかったよ。おやすみ」

「おやすみなさい」

そう言って彼は、王子様らしい微笑みと共に去って行った。

両角さんの車が見えなくなるまで見届けて、私は一升瓶を抱えてマンションのエントランスをくぐる。

楽しかった。

何度か食事をして改めて思うけど、両角さんと一緒に過ごす時間は楽しい。

これまで異性と二人きりになっても、特に会話も弾まないまま無言になって、気まずくなることが多かった。でも、両角さんは違う。素の両角さんとは何故か自然体でいられる。

——契約とか関係なく、両角さんとは普通の飲み友達がよかったな……

完全に今更なのだが。

欲しかった日本酒が手に入ったのはとても嬉しい。

だけど、いい飲み友達になれそうだと思った彼は、自分とは住む世界の違う人だった。

そのことを少しさみしく感じる。

部屋に戻った私は、彼に貰った一升瓶をしばらくの間ぼんやりと眺めていたのだった。

六

両角さんが周囲へのアピールのため、私を部署まで迎えに来た日から一週間が経った。

あれ以来、同じ部署の女性社員達の変化がすごかった。

「浅香さん、どうやって常務と仲良くなったの？」

「私も知りたいです～!!」

と、興味津々(きょうみしんしん)に私と両角さんの馴れ初め(なそ)を聞いてくる人。

「異動してきて、仕事に慣れるより前に男引っかけたんですか？　なんか、幻滅しました」

そう言って冷たい視線を送ってくる人や、あからさまに無視する人など。それどころか、電話を取り次いでくれなかったり、資料や書類を隠されたりといったいやがらせも。

仕事にも支障が出始めていて、これには私もほとほと参ってしまった。

両角さんが心配していたのはこういうことだったのかと、今になって実感する。

――何かあったら言えって言われたけど、さすがに言いにくいよね……

このところ毎日がこんなことばかりでぐったりだ。

「へえ。それじゃ、また今日も一緒に帰るのね」

いつもの如く人の目から逃れて屋上で昼食をとる私。

このところ、両角さんが忙しい時は山口さんが私と一緒にいてくれるようになった。

レジャーシートの上に並んで座りながら、お弁当を食べる。

主婦でもある山口さんのお弁当は彩り豊かで栄養バランスもよさそう。それに対してあまり代わり映えのしない私のお弁当はだいぶ見劣りする。

「はい。でも、これ以上部署の人を刺激したくないんで、両角さんには別のところで待っててくれるよう頼みました」

ハアーと深いため息をつくと、山口さんが苦笑する。

「両角さん目立つしね……何気にうちの部署、若い女性が多いし。この間はすごかったもんね、両角さんが浅香さんの名前呼んだ途端、みんな固まっちゃって。私もびっくりしたけど」

「ですよねー。正直私も、両角さんの人気を舐めてました」

「だからこそ、両角さんは浅香さんを頼ったんだと思うのよ」

綺麗に巻かれた玉子焼きを食べながら、山口さんが私を見て微笑む。

「両角さんは浅香さんの人間性を見抜いているのよ。群れないし、相手が王子様と言われるほどの美貌の持ち主でも動じないその強心臓ぶり。なかなかいないと思うのよね、そんな女性」

「……そ、そうですかね……そんなことはないと思うのですが……」

力説されたけど、これって褒められているんだろうか。よく分からない。

私が戸惑っていると、パックのイチゴ牛乳を飲んで一息ついた山口さんが周囲を気にし、私の耳に顔を近づけてくる。

「でも両角さん、浅香さんのことすごく心配してるみたい。わざわざ私に、自分がいない時はあなたと一緒に食事をとってくれないかって頼んできたの。それに『浅香さんに何かあったら連絡をください』って、プライベートの連絡先が載った名刺までくれたのよ」

「……え？」

初めて聞く話にキョトンとしてしまう。

「それ聞いた時、なんとなくピンときたんだ。常務にとって浅香さんは特別な人なんだって。この役目はきっと、浅香さんにしかできないことなのよ」

「いやいや、それは違いますよ絶対！　本当に、たまたまなんです」

彼が私に頼んできたのは素の彼を知っているからだ。それを考えるとある意味特別かもしれないが、色恋では決してない。

きっぱり否定すると山口さんは残念そうに口を尖らせる。

「えー？　そうかな〜。両角さんは、絶対に浅香さんに気があると思うんだけどな」

「違いますよ、そんな……」

作り笑顔でなんとかその場を切り抜ける。

はっきり言って、そんなことはありえない。

私のような特に取り柄もない、ただの『飲んべえ』な社員のどこに両角さんが惚れる要素があるというのだ。

たまたま、私が彼の秘密を知ってしまったから、恋人役を頼まれたのであって、本来なら知り合うことのない相手なのに。

そう思ったら、何故か微かに胸が小さく痛んだ。

その日の終業後、私は約束した待ち合わせ場所に向かう。

彼の事情を考えれば、できるだけ人の目に触れた方がいいということは重々承知している。

でも、さすがにこれ以上仕事に支障が出るのは避けたい。

だから今回は、私から一階のエントランスで待ち合わせして歩いて帰りませんか、と提案した。

エントランスで待ち合わせした方が、たくさんの人の目に留まりやすいと。

しかし前回と違い、今日は最寄り駅まで一緒に歩くわけだから、当然人の目に触れている時間が長い。

——ちゃんと恋人っぽくできるかな、私……

人の邪魔にならないよう、エントランスの脇にある窓の側でぼんやりと彼を待つ。

実のところ、私には恋愛経験がほぼないのだ。

恋人と呼べる人は学生時代にちょろっといたくらいで、その人と別れて以来、完全に恋愛とは無縁の生活をしている。

その頃のデートといえば、彼の家や私の部屋でゲームをしてダラダラ過ごすという残念なものばかりで、いわゆる世間一般の恋人らしいことはほとんど経験したことがない。

だからといって、むやみやたらくっついてベタベタするのは生理的に好きじゃないし。

――今更だけど、恋人らしくするって、具体的にどうすればいいんだろう。

ああでもないこうでもないと考え込んでいると、人波の中から、こっちに歩いてくる二人組のスーツ姿の男性がいた。

片方は両角さんで、もう一人は誰だろう？

両角さんと同じように背が高くて、短髪がよく似合うイケメンだが、知らない人だ。

今日も周囲に爽やかさを振りまきながらの登場に、私の緊張感が増す。

目の前まで来た両角さんは、私を見てフッと表情を緩ませる。

「お待たせ。浅香さんに紹介しておきたい人がいるんだけど、今ちょっといいかな？」

「はい」

紹介、と言われて彼の隣に視線を向ける。

「役員秘書の大貫。今後は彼に伝言や使いを頼むことがあるかと思って」

「秘書課の大貫泰司です。よろしくお願いします」

折り目正しく挨拶され、私も慌てて頭を下げる。

「あっ、はい！　人事部の浅香美雨と申します。こちらこそよろしくお願いします」

私達の挨拶が済んだところで、両角さんは大貫さんと目配せをしてから私に微笑む。

「では、行こうか」

行き交う社員の視線がちくちくと刺さる中、両角さんに促される形でエントランスを出た。

外に出ると少しだけホッとする。

「どうする、今日もどこか寄る？」

最寄りの駅に向かって歩いていると、何気なく両角さんが尋ねてくる。

「そうですね……」

同意しながら、どこか食事ができそうな場所はないかと周囲を見回す。ポッポッと定食屋やレストランがある。だが、今の気分的にしっかりご飯を食べるというより、軽くお腹に入れるくらいがいいかも。

「両角さん、お腹空いてますか？」

「ん？　まあ、普通に。俺はどこでもいいよ、君が行きたいところで」

――それならば。

「じゃあ、知り合ったバーの近くにある私の行きつけのお店はどうでしょう？」

「行きつけ？　もしかして居酒屋？」

「そう、です。ダメですか……？」

提案してから、選択を誤ったかと思った私に、両角さんは優しく微笑む。

「そんなわけないだろ。むしろ気になってたんだ」

「よ、よかった。店の雰囲気はすごくアットホームな感じです。ご夫婦で経営されてて……っ」

突然、腕を掴まれて息を呑む。

隣を歩いていた両角さんが私の腕を掴み、ぐいっと引き寄せてきた。

「人が来るから、こっち寄って」

驚くより先にこう言われて、前方から人が来ていたことに気がついた。

「あっ、ありがとうございます……」

お礼を言って両角さんを見上げると、優しく微笑まれる。

――ありがたいけど、急に触るからびっくりした……

まだちょっと動揺してドキドキしている私。しかし、隣の両角さんは別になんてことない、とばかりに平然としている。

そうだよね。男性とあんまり接触する機会がない私と違って、両角さんはそういう機会には事欠かなそうだし。

こんなことで動揺しているのが悔しくなってきたので、もう考えないことにする。

当たり障りない会話をしながら電車に乗り、数分後には最寄り駅に到着。私が頻繁に出入りしている居酒屋は、駅から歩いて五分の場所にある。

「引っ越してきてから、夜は専らその居酒屋に行ってるんです。でもまさか、そのすぐ近くのバーが両角さんの行きつけだったなんて驚きました。この辺、あんまりうちの社員はいないと思ってたんで」

これに対して両角さんがいや、と言葉を挟む。

「そうでもないぞ。あのバーで何回かうちの社員に会ったことあるし」

「えっ？　そうなんですか？」

「ああ。この辺、家賃もまあまあ安いしな。気づいてないだけで、実は結構いるのかも。だから用心しろよ」

「ええ、そんな……」

なんてこと。この辺りまでくれば大丈夫だとばかり思っていたのに。

「実際俺も、あのバーで君に遭遇してやらかしたわけだし、今まで以上に気を引き締めないとな」

そう言ってニコッと王子様スマイルを浮かべる。

「あの、その笑顔、なんか企んでそうで嘘くさいです」

顔をしかめて正直に言うと、王子様の笑顔がガラガラと崩れていく。

「嘘くさいとか言うな。凹むだろ」

「凹むんだ、王子様」

クスクス笑っていると、居酒屋に到着。中に入ると、いつもと変わらない還暦間近の店長ご夫婦が笑顔で迎えてくれる。

「いらっしゃいませ！　あら、浅香さん。今日はお連れさんが……」

そこまで言ったところで、奥さんが言葉を失う。どうやら両角さんのビジュアルに、目を奪われているようだった。

「はい、こちら……同じ会社の両角さんです」

「両角といいます。こんばんは」

「あらあら……素敵な方……あっ、お好きな席にどうぞ、ごゆっくり！」

ここでももちろん王子様スマイル発動。キラキラとした笑顔に奥さんが一瞬我を忘れかけたのを私は見逃さなかった。

いつもはカウンターが定位置の私だけど、今日はテーブル席に座ることにした。

「さすがですね、年齢性別関係なく有効なんですね、両角さんの笑顔」

「……馬鹿にしてるだろ」

笑顔から真顔に戻った両角さんが呆れながらジャケットを脱ぎ、ネクタイを緩める。

「そんなことはないですけど……それだけモテるなら、さっさと好きな人作って、本性明かして結婚しちゃえばいいじゃないですか？」

何気なく思っていることを言うと、またか、という顔をしてため息をつかれた。

「……それができれば苦労しない。今の俺のどこにそんな暇と、出会いの場があるんだ」

「出会いはホラ、会社にいくらでも綺麗な人が……」

「自社の社員と付き合ったりしたら、別れた後が面倒だろうが」

間髪を容れずに答えが返ってきた。

確かに彼の言い分も理解できる。

「まあ、そうですよね……別れた後も会社で顔合わせちゃいますしね」

「それに、今はいいんだよ。君がいるから」

言いながらじっと見つめられて、思わずドキッとしてしまった。

——そうっちゃそうなんだけど……

でも、偽物の恋人と時間を作ってまで一緒にいるくらいなら、本気で恋人を探した方が絶対いいと思うんだけど。でもまあ、本人がいいって言うならいいか。

気を取り直して、私は日本酒、両角さんはハイボールを注文。それと料理を何品か頼んだ。

「アットホームないい店だな」

両角さんが店の中を見回す。彼の言う通り、店内は腰板が貼られ全体的にカントリー調にまとめられている。それに加えて店長夫婦が明るく気さくな方達なので、まるで自分の家に帰ってきたみたいな居心地のよさがあった。

「そうなんです。この店の前を通ると、今日はやめておこうと思っても、つい中に入ってしまうんですよ」

日本酒がたくさん置いてあるのも私的にポイントが高いのだが、どちらかというとこの店の料理が好みで、それを食べたくてこの店に通っていると言っても過言ではない。

先に運ばれてきたお酒を飲みながら突き出しのお漬物を食べていると、料理が運ばれてきた。

今日のお勧めは奥さんが煮た豚足と、豚モツの煮込みだ。それと木綿豆腐が一丁載ったサラダ。

「今日は豚尽くしになりましたね」

「そうだな。俺、豚足初めて食べるかも」

しっかり手を拭いてから直に豚足を手で持ち、かぶりつく。

「んー、柔らかーい。脂すごいけど美味しい！」

身は崩れるほど柔らかく、噛めばジューシー。コラーゲンがぷるっぷる。

「へえ。じゃあ俺も」

食べ方がよく分からないと言っていた両角さんは、私の食べ方を見て手を伸ばす。

「食べれば両角さんも明日お肌がつやっつやになりますよ」

「……それあんまり嬉しくない」

不機嫌そうな顔で豚足にかぶりついた両角さんは、すぐに「旨いっ！」と言った。

「早いです。もっとよく味わってくださいよ」

「いや、噛んだ瞬間に旨いって分かる。すごく柔らかいな。味もいいし、つまみとしても最高じゃないか」

「そうなんです、豚足もですが、ここのお料理はどれもお酒に合うんです。だから通うのをやめられないんです」

「分かる」

それからしばらく、私達は無言で豚足を貪った。

私もなんでよりによって両角さんといる時に豚足を注文してしまったのだろう。手が脂でギットギトになるし、口の周りだってテカテカになってしまい、後で拭くのが大変なのに。

なんて思いながらも、お互いに豚足を完食。私も両角さんも無言で手と口を拭く。

「……旨かった。手は汚れるけど、後悔はない」

両角さんが口を拭きながら、小さく何度か頷いた。

「はい。私もまったく後悔ないです……って、なんか可笑しい」

全然色気を感じないこの会話が可笑しくて、自然と顔が笑ってしまう。でもそれは私だけじゃなかった。

「なんで一心不乱に豚足食ってるんだろうな、俺達」

口を拭き終えた両角さんが、クスクス笑いながらハイボールを飲む。私もそれに同意しながら冷酒を一口飲んだ。

「いいじゃないですか。美味しいは正義ですよ。はー、お酒が合う……」

美味しい料理に美味しいお酒。これを最高と言わずして何と言おう。

私がほうっと一息ついていると、両角さんが「おい」と私を呼ぶ。

「なんですか？」

「ここ、まだ脂ついてる」

そう言って、両角さんは自分の口の横辺りを指さす。

あんまり擦ると化粧が落ちるので、アタリをつけてちょこっと擦った。

「ここですか？」

「違う。ここ」

両角さんが身を乗り出し、長い手をスッとこちらへ伸ばす。そして、私の口の横に、そっと彼の指が触れた。

あまりにもその行動が自然だったので、触られた、ということが一瞬理解できなかった。

「……あ？　あ、りがとうございます……」

「ん」

今更ながら触れられたことを自覚して、恥ずかしくなった。いや、それ以前に口元の汚れを指摘されるアラサー女ってどうなの。いや、女子としてもダメでしょ。

——いい年して何やってんだ……私。

無性に居たたまれなくなって、私は目を伏せてモツ煮を口に運ぶ。

「はー、これも美味(おい)しい」

「うん、旨い」

同じくモツを口にした両角さんは、そう言いながら真顔で頷く。

そんな彼をチラッと見て、しみじみ思う。

高級フレンチでも、高級料亭でもない。アットホームな居酒屋で美味(おい)しいご飯を食べてほっこりする。彼と過ごすそんな時間がとても居心地がいい。

——ほんと両角さんって、一緒にいて楽なんだよね……

両角さんが常務や王子様じゃなかったら、どんなによかったか。

そんなことを思いながら、両角さんとの時間はあっという間に過ぎていったのだった。

七

両角さんの偽彼女となり、数週間が経過した。

最初はどうなることかと思ったけど、最近はだいぶ慣れてきたような気がする。

いやがらせは相変わらずだが、それなりに対応の仕方を覚えた。電話は誰よりも先に取るようにし、大事な書類は机の上に置かずすぐ鍵付きの引き出しにしまっている。聞こえよがしの陰口もスルーできるようになった。

しかし、両角さんの彼女として周知されている割に、その効果はいまいちらしい。

そのため、できるだけ一緒に帰ったり、会社ですれ違ったら目配せし合うなど、継続して恋人らしさをアピールしているところだ。

今日は両角さんと一緒に昼食をとる約束をしていたのだが、外はあいにくの雨。

——こんな天気だけど、本当に外に行くのかな？

不安になってきたので昼食をどうするのか直接両角さんに確認したい。でも、これまで私からメールを送ったことはなかった。

送るかどうか迷っていたら、両角さんの方からメールが来て、ドキッとする。

今日の昼は店を予約してあるから、予定通り外に食べに行こう、と書いてあって、モヤモヤはあっさり解消したが……

メールの最後に、ついでに話したいことがある、とあって思わず眉をひそめてしまった。

――わざわざ話があるだなんて、悪い予感しかしないんですけど……

私の脳裏に恋人役を頼まれた時のことが蘇る。

だけど気にしていては仕事が捗らない。私は昼の休憩に入るまで、極力両角さんのことを考えないようにした。

昼休憩に入ってすぐ両角さんが連れて行ってくれたのは会社の近くにある蕎麦屋。

ざっと見たところ会社の知り合いは見当たらなかったが、念のため死角になっている小上がりに座る。料理を注文した後、両角さんが真剣な顔で私に向き直るので、身構えてしまう。

「で、さっそくなんだが」

「は、はい……」

「実はある集まりがあって、そこに一緒に来てもらいたいんだ」

「集まり、ですか?」

警戒心も露わに聞き返す私。そんな私に、両角さんがばつの悪そうな顔をする。

「父の還暦祝いのパーティーに、俺の恋人として同伴してもらいたいんだ」

「ちょっと待ってください、パーティーって言いました……?」

「言った」

両角さんがこっくり頷いたのを見た途端、私は手にしていた湯飲みを静かに置いた。

「恋人役を引き受ける時、パーティーとかは無理ですって言いましたよね？」

相手は常務だし、うちの会社の御曹司だけど、最初にできないと言ったことをやれと言われては、さすがに黙っていられない。

感情を押し殺して抗議をする。私のこの反応を予想していたらしく、両角さんはすぐに「悪い」と頭を下げてきた。

「君がそう言ってたのもちゃんと覚えてるし、これまでも友人や知人からの誘いは断っていた。だが、今回のパーティーは立場上どうしても断れないんだ。しかも期日が迫っている」

「迫っているって、いつなんです」

「今週末」

「はっ!?　今週!?　急すぎでしょ!!」

つい睨み付けそうになってしまい、なんとか堪えた。

──落ち着け私。相手は常務だ。我慢我慢……

胸に手を当て、必死に気持ちをクールダウンさせる。

「……それって、絶対に私が行かなきゃいけないんですか？」

むしろお邪魔では？　と聞き返すと、両角さんが困ったように額にかかる前髪を掻き上げた。

「そうだ。先日、彼女がいると言って縁談を断ったろ？　あれから父が君を紹介しろと言ってうるさいんだ。いまだに周りも疑っているし、この機会に父や社内外の人間に恋人の存在を認知させたい」

「えええ……」

「だから、頼む。この通りだ」

再び私に向かって深々と頭を下げる両角さんに戸惑う。

――社長に紹介なんかされたら、お役御免になった後、会社で働きにくくなるんじゃ……

大体、パーティーに着ていく服ってどんなよ……いや、それ以前に、両角さんのパートナーが私に務まるとは思えない。

並ぶと高級車と中古車くらい違う私が、両角さんの恋人に思われるはずないよ。

これはどう考えても無謀だ。絶対にボロが出て、迷惑をかけるに違いない。

「いや、無理。絶対無理。顔が無理。どなたか別の人に頼んでください」

ふるふると頭と手を振り、全身で拒否する。なのに両角さんは退いてくれない。

「顔……？　いやとにかく、周囲にはもう君が恋人であることを明かしてるんだ、君以外にパートナーを頼める女性はいない」

――それはそうなんだけど……

やっぱり無理ですと断ろうとする私に、両角さんがさらに畳みかけてきた。

「当日の服やアクセサリーはこちらで全部用意する。スタイリストとヘアメイクにも心当たりがあるから安心してくれ。君は何も心配せず、いつもみたいに俺の隣で笑っていてくれるだけでいい」

そう言う両角さんに、こっちは顔面蒼白だ。

「いや、だけでいいって……」

「お待たせいたしましたー、天ざるとも り蕎麦（そば）です～」

反論しようと思ったら絶妙なタイミングで注文の品が運ばれてきた。

「詳しいことは後で連絡するから。よろしく頼む」

これで話は終わりとばかりに、両角さんはパチンと箸（はし）を割って蕎麦（そば）を食べ始める。

「え、ちょっと。私まだやるって言ってませんけど!?」

私がパーティーの同伴を受ける体（てい）でいる両角さんにイラッとする。

しかし彼は私のそんな視線などものともせず、口元に笑みを浮かべた。

「そうそう、来週北海道に出張なんだ。お土産（みやげ）は何がいい？」

――くっ……物で釣ろうという魂胆だな。そんな誘惑に簡単に乗っかる私では……

ついじろりと両角さんを睨（にら）んだら、にっこりと微笑み返される。

「君が好きそうな地酒を買ってくるよ。それと、つまみも」

「ほ、北海道の地酒とつまみっ……くっ……!!」

我ながら意思が弱すぎると思うけど、魅惑的な交換条件にあっさり気持ちが傾いた。

この人はこう言えば私が断れないということを、分かって言ってる。

「ううっ……ズルイ……」

——もう。やればいいんでしょう、やれば。

投げやりになった私は、大きなため息をつきながら割り箸を手に取った。

「……どうなっても知りませんからね」

文句を言いつつ承諾すると、両角さんがホッとしたように表情を緩ませる。

「助かる。本当に恩に着るよ」

「……いただきます」

私は少々やさぐれながらズズズッと勢いよくお蕎麦を啜った。


それから数日後の週末。

パーティーの開始時刻よりだいぶ早い時間に、私は両角さんに指定されたホテルへやって来た。

私みたいな庶民には一生縁がないだろう老舗高級ホテルに緊張する。

——全て用意してあるから身一つで来い、と言われたけど、本当に大丈夫なんだろうか。

不安な気持ちのままエレベーターを降り、指定された客室のチャイムを鳴らす。すぐに開いたドアから現れたのは意外な人物だった。

「こんにちは」

そう言って優しく微笑むのは、両角さんが通うバーのマスターだ。

思いがけない人の登場に、私の頭の中が真っ白になる。

「……え？　あれ？　私、部屋間違え……」

慌ててドアの部屋番号を確認すると、マスターがクスクス笑う。

「間違っていませんよ。さ、中へどうぞ」

混乱した私はマスターに促されるまま部屋の中に入った。

部屋の中はかなり広めのツイン。大きな鏡台の前にはメイク道具がずらりと並んでおり、準備は万端、といったところか。

「あの、どうしてマスターがここに？」

「実は私、前職が美容師で」

「そうなんですか？　それはまた、意外です……」

「両角さんにくれぐれもと頼まれたので、今日はお任せください」

「よ、よろしくお願いします」

いつもの優しい笑みを浮かべるマスターに、私はぺこりと頭を下げた。

「では、まずはこれに着替えてください」

そう言って、マスターがハンガーに掛かっていたワンピースを差し出してくる。

淡いイエローが美しい、ドレープワンピースだ。

「わ。綺麗な色。これ、マスターが選んでくれたんですか？」

「いいえ、両角さんですよ」

「え、両角さんが？　……そ、そうですか……」

男性に服を選んでもらうのは、結構照れるものなのだと初めて知る。

「あと、下着もあるそうですよ。必要だったら使えと。はいこれ」

「え!!　下着っ!?」

ギョッとしている間に紙袋を押し付けられて、着替えてくるように言われた。

私はバスルームに籠もり、まじまじとワンピースを眺める。

両角さんが選んだというワンピースは、ウエストが黒いリボンで絞られ、丈は膝より少し長め。

思ったより肌の露出が少なくてホッとした。これなら自前の下着でいけそうだ。

しかしワンピースに合わせた下着まで気遣える王子様って一体……と思いながら、ワンピースに着替える。きちんと入るか不安だったけど、まるであつらえたかのようにぴったりだった。

——両角さん、なんで私のサイズが分かったんだろう……？

なんとも複雑な心境のままバスルームを出ると、すぐにマスターに「お似合いですよ」と言われ、激しく照れる。

「それじゃあ、次はヘアメイクですね」

「よ、よろしくお願いします」

鏡台の前に座りペコッと頭を下げると、マスターは微笑みながらコテを手に取り、私の髪を満遍（まんべん）なく巻き始めた。そしてその髪を、後（おく）れ毛を少し垂らしながら無造作にまとめて、あっという間におしゃれな無造作アップスタイルを造り上げた。

見る見るうちに出来上がっていくヘアスタイルを、言葉もなく見つめる。

「すごい……!!　私、こんなヘアスタイルしたことないです」

「お似合いですよ。これまでとは違う浅香さんって感じで」

マスターがにっこりと微笑んで、スプレーでセットの仕上げをしていく。

「じゃ、次はメイクしていきますね。服の雰囲気に合わせて可愛らしい感じにしましょうか」

「か、可愛らしい、ですか？　……私に合いますかね」

「もちろん合いますよ。大丈夫です！」

こんなに綺麗に髪をセットしてくれたマスターに言われると、そうかと思えてしまうから不思議だ。

マスターの手によって、徐々にいつもの私から見たことのない私へ変化する。

その変わり様に呆然としているうちに、ピンク色のリップとグロスで唇を彩られてメイクは完了。

奥二重の目はかつてないほど大きくなり、唇はリップとグロスの効果でつやっつや。

普段使わないチークやシェーディングのおかげで、いつもより顔がシュッとして印象がはっきりした気がする。

鏡の中にいるのは誰？　と思うくらい、ものすごく変わった。

これなら両角さんの隣に立っても、文句を言われないかもしれない。

「……これが、私ですか……」

「うん、いい感じだね。これなら両角さんも満足してくれると思いますよ」

最終チェックをしながら、マスターが微笑む。

——っていうか、こんな腕があるのに、何故バーのマスターをしているんだ、マスター。

「あの……もう美容師のお仕事はされないんですか？　これだけの腕があるのに勿体ない」

「そうですね……今はバーのマスターをやっているのが楽しいので」

「両角さんは、前から知ってたんですか、このこと」

鏡台の前に広げられたメイク道具を片付けながら、マスターが「ええ」と頷いた。

「以前、ちらっと話したことがあったんですよ。それを覚えていてくれたようですね。おそらくお二人の事情を知っている私に頼むのが、適任だと思われたんでしょう」

「そうか、それもそうですね」

私が納得している横で、片付けを終えたマスターが誰かに電話をかける。

「……あ、終わりました。ええ、大丈夫です。では、お願いします」

電話の内容から、相手は両角さんだろう。

じっと見ていると、通話を終えたマスターが私に向かって微笑んだ。

「両角さんが、もうすぐ来られますよ。それと、はいこれ、私の名刺です」

ご丁寧にどうも、と渡された名刺に視線を落とす。そこにはバーの名前と『小路智充（こうじともみつ）』という名前が書かれていた。

「個人的な連絡先も書いてありますので、メイクのことでお困りの際はいつでもご連絡ください。それと、秘密を知る数少ない仲間として、いつでもご相談に乗りますよ」

「ありがとうございます……」

確かに、私と両角さんの本当の関係を知っている数少ない人のうちの一人なので、そう言ってもらえると心強い。両角さんには言えそうもない愚痴とかも、この人になら言えるかも……

そんなことを考えていると、部屋のドアが開く音がした。

「お疲れさん、どんな感じ……」

いつも以上にピシッとした三つ揃いのスーツで登場した両角さんが、鏡台の前にいる私を見て大きく目を見開く。

「……すごいな、いつもと雰囲気が全然違う」

私を上から下までじっくり眺めてしみじみと呟く両角さんに、嬉しいような、こそばゆいような何とも言えない気持ちになる。

「雰囲気が違うのは、マスターの腕がいいからですよ」

すると、即マスターからフォローが入る。

「いいえ、元々の素材がいいからですよ。肌も髪も綺麗ですし、きちんとお手入れされてるんですね」

「ほんとですか？　ありがとうございます……」

——やっぱり見る人が見ると分かっちゃうもんなんだな。

実は今日のためにここ数日禁酒して、毎晩お風呂に長く浸かったり保湿パックをしたりして、ちょこっとだが努力してみたのだ。禁酒は飲んべえには辛いけど、こうして褒めてもらえるならやった甲斐があるというもの。

へへへ……と喜びを噛みしめていると、両角さんから服に合わせたバッグと靴を渡された。それを装着したら準備は完了。……かと思いきや、最後に細長いケースを渡された。

「これつけて。周りに何か言われたら、俺から贈られたって言うように」

「は、はい……分かりました」

両角さんに渡されたのは、大きな無色透明の石がついたネックレス。チェーンの色がシルバーより白っぽいところを見ると、おそらくプラチナだ。

――ということは……も、もしかしてこれ、ダイヤモンド？

さらりと受け取っちゃったけど、これってものすごく高価なものなのでは？

私がビビッて身につけるのを躊躇っていると、両角さんが私の手からネックレスを奪う。

「つけてやる」

「え、あ、はい、すみません……」

両角さんが手際よくネックレスをつけてくれ、鏡越しに彼と目が合う。

「うん、似合ってる。服とも合ってるし。これにしてよかった」

「ありがとうございます。ほんとに綺麗ですねこれ……」

両角さんがにこりと微笑むので、私もつられてにへら、と笑う。

これまでジュエリーとかあんまり興味なかったけど、こうして身につけてみるとやっぱりいい物は素敵だ。こんなすごいのじゃなくていいから、今度アクセサリーを買いに行こうかな……と思っていると、両角さんがパチン、と手を鳴らす。

「よし、そろそろ時間だ。会場に行こうか」

そう言って、彼は私に手を差し出してきた。

――ん？

意味が分からずキョトンとしていると、ため息をついた両角さんに手を掴まれ、そのままぎゅっと握られた。

「な、なんですか、急に！」

慌てる私に、両角さんの視線は冷ややかだ。

「恋人なんだから手ぐらい繋ぐだろう。それとも腕を組んだ方がいいか？」

手を繋ぐより腕を組む方がより親密な気がする。それならば、まだこの方がいいかもしれない。

「てっ……手でお願いします！」

私の言葉に、両角さんが握っていた手に力を入れた。痛いです。

「行くぞ。マスターありがとう。このお礼は今度必ず」

お礼を言われたマスターこと小路さんは、ひらひらと手を振って私達を見送ってくれた。

「健闘を祈ります」

私はマスターにお礼を言って、両角さんに引っ張られる形で部屋を出た。

「それにしても、ドアが開いたらいきなりマスターが出てきて、驚きましたよ」

せめてマスターにヘアメイクを頼んであると事前に言ってくれていれば驚かなかったのに。

エレベーターホールに向かう途中、そんな思いを込めて両角さんをじろりと睨むと、申し訳なさそうに肩を竦められた。

「悪い。君のドレスアップを誰に頼むか考えてた時、以前彼が美容師をやってたって言ってたのを思い出してね。今日は特別に引き受けてくれたんだ。助かったよ」

「ほんとに。私もこんなに綺麗に仕上げてもらえて、嬉しいです」

今の素直な気持ちを口に出すと、両角さんが眉を下げて私を見る。

「この前はあんなにごねたくせに、今日は機嫌がいいんだな」

「そりゃあ、綺麗にしてもらえたらやっぱり嬉しいですもん。特に私は単純なので」

美味しい幻のお酒が貰えるというだけで、厄介なことを引き受けてしまったくらいだ。

「ほう」

両角さんが可笑しそうに口元を緩ませる。そして何を思ったのか、身を屈めて私の耳元に顔を近づけてきた。

「綺麗だよ」

「ひゃあっ‼」

突然のことに驚いて飛び上がった。

耳を伝って体中に彼の低音ボイスが駆け巡る。それだけでも腰が抜けそうなのに、言われた内容が内容だから、瞬時に顔が熱くなった。

「そんなに驚くか」

言った本人は、私の反応に眉根を寄せる。

「おどっ……驚きますよ‼　そりゃ……」

呼吸を整えてから再び歩き出すと、私の右斜め上から両角さんの呟きが聞こえた。

「お世辞じゃないからな」

「え……それって……」

本当に綺麗だって思ってくれてるんですか？　と聞こうとしたのだけど、タイミングよくエレベーターが来てしまったので、言葉を呑み込んだ。

――まあ、いいか。それに、両角さんのお眼鏡にかなったなら何よりだ。

自分の中でそう納得して両角さんを見上げると、ちょうど目が合った。

「会場は二階だ。招待客は親族と、父と付き合いのある企業の重役がほとんどだ。もちろん俺は素を出すわけにいかないので、エレベーターが開いたらキャラ変わるから。笑わないように」

「そんなこと言われると、意識して笑っちゃうかもしれません」

ほら、笑っちゃいけない環境の方が、ツボに入ると笑いが止まらなかったりする。それと一緒で、気になりだしたら止まらなくなるかもしれない。

なんて考えていると自然と表情が緩(ゆる)んできた。

「おい、顔が緩(ゆる)んでるぞ。可笑(おか)しくっても耐えろよ」

「分かりました」

――よし、頑張るぞ。

二階でエレベーターの扉が開くと、そこにはすでにスーツ姿の招待客が数人見えた。

両角さんのお父さん――社長の親族と付き合いのある企業の重役というから、招待客には年配の方が多い。でも中には、若い男性や女性の姿もちらほら見受けられる。

「結構若い方もいらっしゃるんですね」

「そうだね。自分の息子や娘を同伴してきている方がいるんじゃないかな」

分かってはいたけど、本当にガラッと声のトーンと口調が変わったので、ぎょっとして両角さんを見上げる。すでに彼は王子様だった。

「すごいですね。体に切り替えスイッチでもついてるんですか？」

「長年の経験の賜だよ」

にっこり微笑む両角さんにますます感心してしまう。

「央君じゃないか、久しぶりだね！」

そう言って両角さんに声をかけてきたのは、恰幅のいい中年の男性だ。

「これは佐伯社長、ご無沙汰しております。本日は父のために、ありがとうございます」

「いやいや。こちらこそ君のお父さんにはいつもお世話になっているからね！　……ん？　央君、そちらの女性は……」

男性の目が私に向く。恋人という設定だし、ここはやっぱりにっこり微笑んで自己紹介をした方が……と思っていたら、両角さんが先に口を開いた。

「彼女は、私の婚約者で美雨といいます。いい機会なので、今日は彼女を皆さんに紹介したいと思って連れてきました」

そう言うのとほぼ同時に、ずっと握られている手がさらに強く握られた。これはたぶん、合図だ。

「はじめまして、浅香美雨と申します」

私も両角さんに負けじと微笑みを浮かべ、佐伯社長と呼ばれた男性に挨拶をする。

すると佐伯社長は、胸ポケットからカードケースを取り出し、私に名刺を差し出してきた。

「ご挨拶が遅れました、私、佐伯工業の佐伯です」

いただいた名刺を見て作り笑いが凍り付いた。佐伯工業、うちとは業種が違うけど有名企業だ。

私が名刺を見たままフリーズしていると、その佐伯社長がハア、とため息をついた。

「そうか……央君は婚約者がいるのか。今日は、ぜひ君にうちの娘を会わせようと思っていたんだが……」

その呟きに顔を上げる。つまり、両角さんとの縁談を狙って娘を連れて来たってこと？

ハラハラしながら彼を見上げると、彼は笑みを崩すことなく口を開いた。

「申し訳ありません。お気持ちは嬉しいのですが、僕にはもう美雨がおりますので」

そういう設定なのだから、両角さんがこう言うのは当たり前のこと。分かってはいるのに、慣れない私は隣で顔を赤らめる。

はっきりとした口調で断る両角さんに、佐伯社長は「今のは忘れてくれ」と笑い、それ以上娘さんのことは口にしなかった。

佐伯社長との挨拶を終えると、また別の招待客に捕まり、同じようなやり取りを繰り返す。それを何度か乗り越えて、やっと会場の中に入った。

「ここまで、随分長かったですね……」

「同感だ」

さすがに両角さんも疲れたのか、口調が素に戻りかけている。

そうこうしているうちに、司会の男性のアナウンスで社長が壇上に上がり挨拶を始めた。

こうして見ると、社長はやはり両角さんと似ている。輪郭とか鼻のラインがほぼ一緒だ。

もしかして社長も若い頃は王子様と呼ばれてたりして。なんて思っているうちに挨拶は終了し、自由に食事と歓談をというアナウンスがされた。

「美雨、ちょっといいかな。父に紹介するよ」

「は、はい」

——きた。

さすがに緊張で顔が強張る私に、王子様モードの両角さんが微笑みかける。

「君のことは事前に話してあるから、そんなに緊張しなくても大丈夫だよ」

「いやでも、社長と面と向かって話す機会なんて、私のような平社員にはないですから。緊張するなっていう方が無理な話です」

「うちの父は温厚だから、怖がらなくても大丈夫だよ。さあ、行こうか」

両角さんに再度手を握られて、社長のもとへと歩き出す。

手を握られているせいか、社長との対面に緊張してなのか、ドキドキとうるさい心臓を意識していると、こちらを見ている招待客が視界に入る。

おそらく私と同じ年代くらいだと思われる女性二人組だ。

見ているうちに目が合ってしまったので、無視もできず笑顔で会釈する。しかし、それがマズかった。

「……何アレ。あんなのが央さんの婚約者なの……？」

「思ってたより全然普通ね。がっかりだわ」

微妙に聞こえるくらいの声量で嫌味を言われ、「ああ、ここでもか」とげんなりする。

――マスターがあんなに頑張ってくれたのになぁ……。

いつもなら端から勝負にならない私だけど、今日は小路さんのヘアメイクテクニックと、両角さんが用意してくれた衣装で遙かにバージョンアップしていた。

――そこまでしても、やっぱり王子様の隣は相応しくないか……。

とほほ、と内心嘆いていると、いきなり進行方向とは違う方に引っ張られる。

「え？　なに？」

困惑する私を連れて両角さんが向かったのは、私に陰口を言った女性二人のところだった。

「ちょ、も、もろずみさん！」

彼のスーツの袖を引っ張って止めようと試みるが、時すでに遅し。

彼は大股で歩み寄り、女性達の前に立った。

「今、私の婚約者について話された内容を訂正してもらえますか？」

辛うじて王子様のキャラは保っている。がしかし、彼の声には怒りが滲んでいるように聞こえた。

突然、憧れの両角さん本人が目の前に現れたもんだから、陰口をたたいていた二人の女性は硬直している。

「……っ、私達は何も。き、気のせいでは？」

目を泳がせつつ、しどろもどろに誤魔化す女性。でも、ちょっと苦しい。

そんな女性達に、両角さんは厳しい表情で対峙する。

「私の婚約者を、あなた方にどうこう言われる筋合いはありません。それに、あなた方の発言は彼女に対して失礼です。二度と口にしないでください」

毅然とした両角さんの態度に、二人の女性は青くなって俯く。そしてそのまま頭を下げた。

「ごめんなさい……」

「申し訳ありません。私達はこれで失礼します……」

女性達は、顔を上げないままそそくさと去っていく。

オロオロして立ち尽くしている私の手を引き、彼が再び歩き出す。

「あ、あの……大丈夫なんですか？」

私のために言ってくれたのは嬉しいけど、相手は招待客の関係者のはずだ。問題になったり、猫をかぶってるのがばれたりしたらどうするつもりなんだろう。

「先制攻撃だよ。君の悪口を言うとああなるという見せしめだな。これで、よほど度胸があるヤツ以外、俺が隣にいる時に君に何か言ってくることはないだろう」

「でも、さっきの、ちょっと素が出ていませんでした？」

ぼそっと小声で尋ねると、両角さんは小さく肩を竦める。

「あれくらい大丈夫だろ。王子様だって人の子だ。怒ることもあるってこと。……しかし、俺が一緒にいる時に、ああいうことを言われるのは心外だな。もう少しアピールしておこうか」

「えっ、アピールって、これ以上何をしろと言うんですか」

手も繋いでいるし、婚約者として紹介もされている。これ以上何をすれば周囲に彼女だと分かってもらえるのだろう？

困惑したまま両角さんを見上げると、彼は口元に不敵な笑みを浮かべる。

「とりあえず、こうするかな」

するど両角さんの長い腕が、私の腰に回される。これにはさすがに驚いて体がビクッと揺れてしまった。

「……あの。両角さん……」

彼の体がピタッとくっついているし、ウエストに添えられた大きな手の感触がくすぐったい。ていうか、男の人にそんなところを触られると、いやでも意識してしまう。

「そりゃ、もっと仲がいいことをアピールするため、でしょう？　美雨」

王子様スマイルを向けられて自分の役目を思い出した私は、ぎくしゃくしつつ頷いた。

「わ、分かりました……」

彼の体にぴったり密着している状況は恥ずかしいが、ここは我慢のしどころだろう。

私は両角さんに腰を抱かれたまま、社長のところへ向かった。

招待客と話していた社長は、私達の存在に気がつくと笑顔で歩み寄ってくる。

「央。そちらが例の……浅香さん？」

もちろん自社の社長の顔は知っているが、こんなに近くでお会いするのは初めてだ。

さすがに緊張が高まる。

「父さん、紹介する。うちの人事部に勤務してる浅香美雨さん」

「浅香です。はじめまして」

深々と一礼すると、社長は温かい目で私を見る。

「央から話は聞いているよ。君は、知っているんだって？　こいつのアレ」

アレとは、おそらく彼の素についてだろう。

「……はい」

こくんと頷く私に、何故か社長は嬉しそうににんまりと笑った。

「そうかー。こいつが家族以外にアレを出すなんて珍しい。それだけ君に心を許しているということだな。どうかよろしく頼むよ」

私の肩をポンポンと叩きながら、社長が私と両角さんの顔を交互に見る。

――これは、一応相手として認めてもらったと思っていいのかな？

「こちらこそ、よろしくお願いいたします」

「うんうん。今日は美味しいものでも食べて、ゆっくりしていって！　それと、央、ちょっといいか」

「浅香さん、ちょっとごめん。すぐ戻るから、ここにいてくれる？」

「はい、どうぞ」

両角さんは申し訳なさそうな顔をしながら、社長の後をついて行く。

どうやら社長と一緒に、招待客へ挨拶をしに行ったようだ。

「ふう……」

一人になった途端、張り詰めていたものがプツンと切れたみたいに気が抜ける。

そんな私のもとにスタッフがやって来て、ウエルカムシャンパンを勧めてくれた。

——ああ、久しぶりのお酒だ……！

今日のパーティーのために、しばらく晩酌を我慢していた私。

フルートグラスの中でシュワシュワと弾ける気泡を見ながら、ゴクンと喉を鳴らす。

ここはグビッといきたいところだが、やはり両角さんの婚約者と紹介されてしまった手前、そういうわけにもいかない。仕方なく、普段の私では考えられないほど、ちびちび飲む。

食事は会場内に点在するテーブルの上に用意されていた。

ぱっと見た感じでも、ローストビーフやオマール海老など、手の込んだ豪華な料理がテーブルを埋め尽くしていた。でもみんな話に夢中で料理を食べる人はまばら。

あれは絶対に美味しいのに勿体ないな、と思っていたら両角さんが戻ってきた。

「お帰りなさい」

「うん、ただいま。悪かったね、一人にしてしまって」

「大丈夫です、言われた通りここから一歩も動きませんでしたから」

にっこり笑いながら返すと、両角さんの表情が神妙になる。

「一人の時、誰かに声をかけられたりした？」

「いえ、まったく」

　実は私も内心、誰かに声をかけられたらどうしようと思っていたのだけど、幸か不幸か誰も近づいてこなかった。

　首を横に振ると、安心したように両角さんの表情がフワッと緩む。

「そうか、それならいいんだ」

　――もしかして、心配してくれていたのかな。

「ありがとうございます。でも、嫌味を言われたとしても、適当に流すので大丈夫ですよ」

「いや、そういうことを心配して言ったんじゃない」

　そこで何故か両角さんの手が私の頬に触れたので、驚いてビクッとしてしまった。

「俺の婚約者に悪い虫が寄ってこなかったか、心配だったんだけど」

　言われた意味がすぐに理解できなくて、ぽかんとする。

　――えっとつまり……待ってる間、男の人が寄ってこなかったか気になるってこと？

　両角さんの手が頬に触れている状況に、だんだん顔が熱くなってきた。

　はたして演技でここまでする必要ってあるのだろうか……？

「あ、の……それは……大丈夫です……」

「そう？　それならよかった」

両角さんは意味ありげに私を見つめると、親指を動かしてそっと頬を撫でた。

――……っ!! 何、今の……!!

彼のいつにない行動に驚き、固まってしまう。そんな私を見た両角さんは、小さくクスッと笑って私の頬から手を離してくれた。

「喉が渇いたな」

両角さんは何事もなかったように、ドリンクを配っているウエイターさんを探している。

だけど私の胸は、苦しいくらいにドキドキしていた。

演技だってことは分かっている。けど、こんな風に男の人から触れられたことなんてなかったから、変に意識してしまう。

両角さんはスタッフからソフトドリンクを受け取ると、それをぐいっと呷った。

「ここで必要な挨拶は済ませたから、君が帰りたければ送るよ?」

どうする? と聞かれて私はなんとか気持ちを落ち着かせた。

――もー、こっちはスキンシップに慣れてないんだから、手加減してよね……

と言いたいところを堪えて、私は少し考える。

今日のパーティーは、両角さんのお父さんのお祝いなのだから、最後までいた方がいいよね。

「最後までいましょう。それにせっかくだから、お料理をいただきたいです。すごく美味しそうだったので」

「分かった。じゃあ、ゆっくり食べて帰ろう」

それから私達は、会場で軽く食事をとりつつ、たまに声をかけてくる招待客と話をしたりして過ごした。

パーティー終了後、私はヘアメイクをしてもらったホテルの部屋に戻り、シャワーを浴びて元の格好に着替えた。

一緒に部屋へ戻って来た両角さんは、用があると言って再びどこかへ出て行ったのだが、私が着替えを終えた頃に戻ってきた。

「ホラこれ、スタッフに言って詰めてもらってきた。まだ食べたそうにしてただろ？よかったら夕飯の足しにして」

差し出されたのは、料理の入った折詰。それを見た瞬間、私のテンションが上がった。

「わー、ありがとうございますっ‼　会場のお料理、どれも本当に美味しかったからすごく嬉しいです」

お料理もお酒もめちゃくちゃ美味しかったけど、さすがにがっつくわけにもいかず、実はかなり遠慮していたのだ。そんな私にとって、何より嬉しい気遣いだった。

大喜びな私を見て、両角さんはなんとも言えない顔をする。

「……今日一番の笑顔だな。ネックレスあげた時はそんなに喜ばなかったのに」

「え？　だってあのネックレスはお借りしたものですし……あ、そうだ。今日の服は、クリーニングに出してから返しますね。靴とバッグはどうしましょう、買い取りますか」

「そんなもん俺に返されても困る。全部やるよ」

何故かぶっきらぼうに答える両角さんに、キョトンとする。

借りたワンピースもパンプスもバッグも、私が見て分かるくらい名のある有名ブランドのもの。

下手（へた）をすると私の月給、いやそれ以上の金額になるかもしれない。そんな高価なものを貰うのはいくらなんでも気が引ける。

「でもですね……」

「いいから。君が持ってて。ネックレスもな」

これ以上は聞かない、という頑（かたく）なな態度に反論を封じられる。

――まあ確かに、女物を返されても困るよね。仕方ない、このお返しはまた改めて考えよう。

「分かりました。ありがたくいただきます」

「ああ」

お礼を言う私に、両角さんがどこかホッとした様子で微笑んだ。

その笑みに、何故かドキリとする。

この状況に焦った私は、つい両角さんから視線を逸らし、別の話を振る。

「そ、それより、この部屋ってヘアメイクのためだけに取ったんですか？」

高級ホテルのデラックスツインだ。さすがに、それだけのために借りたのだとしたら、あまりに勿体ないと感じてしまう。

でも、両角さんはなんとも思っていないようだった。

「そう。だから、君の準備が終わったなら、一緒に俺も帰るよ」

「ええっ、勿体ない。せっかくだから泊まっていけばいいのに」

私は、綺麗に整えられたベッドを見てため息をつく。

「特に目的もないのに、なんでホテルに泊まらないといけないんだ。却って面倒だ」

「そういうものですかね。私なら、こんな豪華なホテルそうそう泊まる機会もないし、泊まっていくのにな……」

リフレッシュのため、シティホテルにエステ付きで宿泊する女性用のプランを雑誌で見たことがある。その記事を食い入るように眺めていたっけ。

そんなことを思い出していると、ソファーに手をついて私を見ていた両角さんが口を開いた。

「じゃあ、一緒に泊まるか」

「……は？」

言われたことがすぐに理解できなくて、ぽかんとして両角さんを見る。

「だから一緒に泊まるか？　ベッドも二つあることだし」

そう言って、両角さんがベッドを顎で示す。彼は柔らかな笑みを浮かべ、私の返事を待っている。

——え、これ……冗談、だよね……？

「……な、何、冗談言ってるんですか！　そんなの無理に決まってますっ」

「無理ではないと思うけど。君の言う通り、たまにはホテルに泊まってのんびりするのも悪くないかもしれない……だろ？」

両角さんににこりと微笑まれてしまい、私は大いにテンパった。

これは冗談だ。きっと彼は私をからかっているに違いない。

そう分かっているのに、何故か私の毛穴という毛穴からぶわっと汗が噴き出してくる。

両角さんと一緒にホテルに泊まる、ということはやっぱりそういう意味？　女子同士のお泊まりじゃないんだし、何もないってことは……

短い時間に、頭の中をぐるぐるといろんな考えが駆け巡る。おそらく今、私の顔は真っ赤になっていることだろう。

――ただの冗談に、なんで私、こんなに動揺してるんだろう。

「浅香さん？」

両角さんの視線に居たたまれなくなった私は、急いで荷物を手にし一礼した。

「今日はお疲れ様でした！　わ、私はこれにて失礼いたしますっ」

「え、帰るなら送る」

「いいッ!!　一人でいいですっ、駅すぐそこですから!!　ではっ」

一緒に部屋を出ようとする両角さんを手で制し、素早く客室を出る。

何故かどきどきする胸を押さえながら、私は一目散にホテルを後にしたのだった。

＊＊＊

自分を残して閉まったドアを見つめ、俺はため息をついた。そのまま窓辺にある一人がけのソファーに腰掛け、部屋を出て行く前の彼女の顔を思い出す。

「……真っ赤だったな……」

ホテルに一緒に泊まることを提案したら、彼女は想像以上に驚きあたふたしていた。

その姿が可愛らしくて、ついつい頬が緩む。

笑ったら彼女に申し訳ないと思いつつ、顔がにやけるのを止めることができない。

彼女はこれまで、自分を男として見てくれていなかったように思う。というより、恋愛対象として見ていなかったという方が正しいか。

そんな彼女が、おそらく初めて自分を男として意識してくれた。

そのことがこんなに嬉しいなんて。

ソファーに背を預け、俺は天井を見ながらぼんやりと彼女のことを考える。

行きつけの居酒屋があって日本酒が好き。初めて会ったバーでも、周囲に目もくれず一人で美味しそうに酒を飲んでいた。その姿に、何故か興味を引かれた。

彼女にはいきなり修羅場を見せてしまったわけだが、酒をかけられた自分を気遣ってくれたことは嬉しかったし、優しい女性だと思った。

彼女に素を晒してしまったのは自分でも予想外のことだったが、彼女がうちの社員だったのはさらに想定外のことだった。

しかし彼女は、自分がこれまで出会った女性とはどこか違っていた。一緒にいてもストレスがなく、むしろ居心地よくさえある。

だからかもしれない。お見合いの話がきた時、真っ先に彼女が頭に浮かんだのは。

いくら困っていたからって、突然女除けのために恋人役を頼むなんて自分でもどうかしていたと思う。でもあの時は、彼女に頼むのが最善だと信じて疑わなかった。

それには自分の素を知られているという気安さもあるが、一緒にいて楽だからというのが最大の理由だった。

――そのはずだった、んだけどなぁ……

天井を見上げながら、はあっと息を吐き出す。

恋人契約を交わし彼女と一緒に過ごすうちに、自分の中に別の感情が生まれ始めた。

その感情がいつ生まれたのか、正直自分でもよく分からない。

ただ、会う日が待ち遠しかったり、会えば楽しくて離れがたく感じる。

そんな気持ちの変化に伴い、恋人らしい演技だったはずの言動がいつしか演技でなくなり、自分の意思で彼女にそうしたいと思うようになっていた。

それと同時に、彼女に嫌がらせをする人間に対しての怒りは日に日に強くなっていく。

彼女は大丈夫だと笑ってくれるが、そんな目に遭わせているのはまごうことなき自分なのだ。

だからこそ、彼女は俺が守らなければならない。それだけは何よりも優先すべきだと思っている。

そして今日だ。

もともと、『パーティーは無理』と言っていた彼女に頼み込み、同伴を頼んだのだが……

綺麗に着飾った彼女を見た俺は、思わず言葉を失ってしまった。

決して普段の彼女が可愛くないというわけではない。ただ普段、控えめな化粧とかちっとした印象の服装をしている彼女が、プロによるメイクを施され、別人のように華やかな格好をしているのだ。その変化に驚くのは致し方ないだろう。

本当は、美しくなった彼女を誰にも見せたくなかった。

できることなら彼女を人の目に触れない場所に閉じ込めて、自分だけのものにしたい。

そんな強い気持ちが自分の中に存在することに驚いたし、この先別の男の恋人になるかもしれないことを想像するだけでモヤッとした。

最初は、公の場で自分に恋人がいるとアピールするため、彼女に同伴を頼んだはずだった。

それが今は、彼女は俺のものだと知らしめたい欲求に駆られている。

そんな自分の変化に苦笑した。

自分の中で、こんなにも彼女が特別になっているとは思わなかった。

だからだろう、彼女を侮辱する言葉が耳に入った瞬間、咄嗟に反応してしまった。

これまでの俺なら、こんな誰が見ているか分からないような場所ではキャラを徹底しているはずなのに、気がついたら体が動いていた。

彼女には見せしめだ、なんて言ったけど、あやうく本気でキレるところだった。

挙句、父に呼ばれて彼女から離れた途端、今度は彼女のことが気になって仕方がなくなった。

また誰かに嫌味を言われていないか。いや、それ以前に他の男に声をかけられてはいないか。

早く彼女のところに戻りたくてうずうずしていたら、父にからかわれた。

『彼女が心配で仕方ないんだろ？　分かりやすいな、お前』

カチンときたが、図星だった。

彼女の側に寄ってくる男はもちろん、彼女を傷つけるヤツは誰であろうと許さない。

来賓と話をしていても内容が頭にまったく入ってこないなんて、初めてだった。

その結果、俺は自分の中に芽生えた感情の正体をはっきりと自覚した。

――俺は、本気で彼女が好きだ。

変に飾ったり構えたりせず、いつだって自然体でいる彼女が好きだ。美味しい物を食べて微笑む姿や、大好きな酒を飲んで満足そうにしている姿をずっと見ていたいと思う。できるなら、このまま俺の隣で笑っていてほしい。その思いが、いつの間にか自分の中で大きくなっていて、ふとした拍子に溢れ出そうになる。

――やべえな。先に手が出るかもしれねえ。

穏やかな王子様キャラを演じながら、自分の中の衝動を抑えられなくなっていることに笑ってしまう。だが、こればかりは仕方ないだろう。

名実ともに彼女を自分の恋人にしたい。

それが、偽りない自分の本心なのだから。

八

両角さんの婚約者としてパーティーに同伴してから数日後。

彼から、一緒に帰ろうとメッセージがあった。

ここ数日、両角さんは出張で北海道に行ったりしていたので、直接会うのはパーティー以来だ。

ホテルでの一件後、変に両角さんを意識するようになってしまった私。でもありがたいことに、数日一人で考える時間があったからか、だいぶ気持ちが落ち着いた。

——そうだ。気にしたって仕方ない。

だってあれは、冗談だ。

私はあくまで婚約者という名の防波堤でしかないのだから。いくら一緒にいて楽しいからって、そこんところを勘違いしてはいけない。

私は今まで通り役目を遂行するだけだ。

そう思いながら、両角さんと会社のエントランスで待ち合わせをした。

私が約束の時刻の少し前にエントランスへ向かうと、そこにはすでに両角さんの姿が。

「お疲れ様です。今日は早いですね」

私の姿を見て、何故かホッとしたように一瞬表情を緩めた両角さんは、すぐにいつものような笑顔になる。

「ああ。今日は特に予定もなかったし。行こうか」

「はい」

相変わらず周囲の注目を浴びながら、二人一緒に会社を出る。

両角さんは、今日は車ではなく歩いて駅まで行くつもりらしい。

「毎日車で通勤しているわけじゃないんですね」

「車ばっか乗ってると体がなまるだろ。時間がある時は、運動がてらなるべく歩くようにしてる」

「あー確かに。歩くのって、一番手軽な運動ですよね。私も、できる限り歩くようにしてます。食べ過ぎた時とかは一駅手前で降りたりしてますし」

さすがに私もお酒とつまみを貪り食う生活がいいとは思っていない。ちゃんと体のことを考えてそれなりに行動しているのだ。

——でも、そっか。両角さんも体のこととか考えて歩いたりしてるんだな。

以前から思っていたけど、両角さんってお尻の形が綺麗なんだよね。キュッと上がっていて、小さくて。もちろんそれ以外も綺麗だし、お尻ばかり見ているわけじゃないけど。

彼のスタイルのよさは、本人の努力の賜なのだと分かった。

それから私達は電車で最寄り駅に向かい、そこから再び他愛ないお喋りをしながら歩く。

いつもの居酒屋に行こうと話していると、突然顔にぽつ、と冷たいものが当たる。

「ん？　冷たい……」

そう思った次の瞬間には、大粒の雨がポツポツと降り始めてきた。

「ちょっ、いきなり雨？」

「君、傘持ってる？」

急いで鞄の中を漁るが、今日は折りたたみの傘を入れてきていない。

この前降られた時に使って、そのままだった。

「残念ながら持ってないです……」

目的の居酒屋も、小路さんのバーも、ここからはまだ距離がある。

いっそ近場の店に入ろうかと考える間にも、雨脚はどんどん強くなり、気づいた時には土砂降りになっていた。

――このタイミングでゲリラ豪雨って、ついてない……

ひとまず、近くの商店の軒先で雨宿りをするも、雨は一向にやむ気配がない。

空を見上げてどうしようかと思っていると、両角さんが口を開いた。

「君さえよければだけど、うちに来るか」

「え？」

何気なく隣にいる両角さんを見上げる。

「俺のうち、すぐそこなんだ」

彼が指を差したのは、ここからほど近い綺麗なマンション。数年前に建ったばかりという低層の高級マンションだ。

「えっ、両角さんのうちって、ここなんですか⁉」

この辺とは聞いていたものの、いつも両角さんが私の家まで送ってくれたので、彼の家がどこにあるのかは知らないままだった。

「ずぶ濡れで店に行くよりは、マシだと思うが。もし、君さえよければだけど」

「え……っと」

正式にお付き合いをしているわけでもない男性の部屋に、行ってもいいものか。

――でも状況が状況だしな……

悩んだ末、私は両角さんに頷いた。

「お言葉に甘えて、雨がやむまで両角さんのお宅で雨宿りさせてください」

私と両角さんに限って、間違いなど起こらないだろう。

「分かった。じゃあ行くぞ」

両角さんはそう言うや否や、着ていたジャケットを脱いで私の頭からかぶせる。そのまま私の手を掴むと、マンションに向かって一気に走り出した。

「ええ――ッ!! もっ、両角さん、ジャケット!!」

おそらくオーダーメイドに違いない上質なジャケットが、見る見るびしょ濡れになっていく。

「いいんだよ。気にすんな」

申し訳ない気持ちのまま、両角さんに手を引かれて走る。その間にも、雨はさらに激しさを増し、私達がマンションのエントランスに着いた時には、バケツをひっくり返したような大雨になっていた。

「すごい……決断して正解でしたね」

「そうだな。浅香さん、大丈夫? 結構濡れた?」

そう言ってハンカチで濡れた顔を拭う両角さんの方が、私よりよっぽど濡れている。

私は、足下はかなり濡れてしまったけど、両角さんのジャケットのおかげで服はそれほど濡れていない。しかし、ジャケットを私に貸してくれた両角さんは、全身びしょ濡れだ。

白いYシャツから素肌が透けて見える。

途端に、申し訳なさが込み上げてきた。

「すみません、私にジャケットを貸してくれたばっかりに」

「いや。俺がしたくてそうしたんだから気にするな。それに、君がこうなってたらマズいだろ」

言われて自分の服装を見る。

今日の私は半袖の白い襟付きシャツ。下にキャミソールを着てはいるけど、濡れたら確かにえらいことだ。

「……あの、ありがとうございました。助かりました」

「ああ。とりあえず部屋に行こう。ついでに北海道の土産も渡すよ」

両角さんが自動ドアを開けてエントランスを進んでいくので、私は慌てて彼の後に続いた。

彼の部屋は五階建ての四階。

部屋の間取りは1LDKだそうだが、一部屋がめちゃくちゃ広そうだ……

そんなことを考えていると、エレベーターが四階に到着。屋外に面していない廊下を進むと、彼はコーナー手前のドアの前で立ち止まった。

「どうぞ」

鍵を開けた両角さんが、私を中に促した。

「お邪魔します……」

白を基調とした玄関は、うちとは比べ物にならないくらい広くて高級感に溢れていた。

――うわあ、すごい……こういうの見ると、やっぱり両角さんは御曹司だって再認識しちゃう。

緊張しながら周囲を見回していると、先に部屋に入っていった両角さんに声をかけられた。

「はいタオル。悪いけど先にシャワー浴びてきていいかな。すぐ出るから、リビングで好きにしてて」

「え？　あ、はい」

私にバスタオルを渡した両角さんは、そのまま廊下の途中にあるドアの中に消えた。

受け取ったタオルで濡れた足下を拭うが、ストッキングはびしょ濡れ。

脱ごうかどうしようか悩んだけど、湿ったストッキングのまま部屋に上がったら床が濡れてしまう。それは避けたい。

――両角さんはバスルームの中だし、今なら見られることはない。

私は急いで穿いていたスカートをたくし上げ、素早くストッキングを脱ぎ、たまたま持っていたビニール袋に入れた。

――今日、スカートを穿いてきて正解だった……

ふうっと一呼吸置いてからスリッパをお借りして廊下を進み、リビングらしきドアを開ける。緊張しながら足を踏み入れると、そこには私の想像とはちょっと違う光景が広がっていた。

「部屋は広いけど……結構シンプル？」

備え付けらしいキッチンは対面式で広い。その向こうに二十畳はありそうなリビングが広がっていた。キッチンの近くに四人がけのダイニングテーブルと椅子があり、おそらくここで食事をとったりしているんだろう。

でも、広いリビングには他に、テレビボードの上に載る大型テレビと、ラグマットの上に置かれた大きなクッションしかない。

――なんか、この広い空間が勿体ない気がする。

好きにしてて、と言われたけど何をしたらいいのか。

とりあえずダイニングテーブルの席に着き、ぼんやりキッチンに視線をやる。

コンロ周りにはしょうゆやみりんなどの調味料が置いてあるし、シンクの横には数本の包丁と、まな板が立ててある。

――両角さん、結構ちゃんと料理してるんだなぁ。

しかしここで、違う考えが頭をよぎる。こういう状況にありがちな、元カノが置いていった説だ。

「可能性はあるな……」

料理上手な元カノが、ここで両角さんに手料理を振る舞う。そんな光景をイメージした途端、なんでか分からないけど胸がモヤッとした。

――いやいや、両角さんほどのイケメンなら、過去に彼女の一人や二人や三人いたって、おかしくないじゃない。

それに、彼女でもなんでもない私には、関係ないことだ。

気持ちを逸らすために鞄からスマホを取り出すと、ちょうどシャワーを浴びた両角さんがリビングに姿を現した。

「あっ……」

彼の初めて見る姿に、思わず目が釘付けになってしまう。

両角さんと言えば、これまでスーツ姿しか見たことがなかった。だけど、今私の目の前にいるのは、Tシャツとハーフパンツといったラフな格好の両角さん。

いつも上げている前髪も、濡れたまま下ろしていて目が隠れている。

――なんだか、初めて会った時みたいだ。

まだそんなに昔のことでもないのに、懐かしく感じる。

「……何笑ってるんだ？　俺の格好どこかおかしい？」

タオルで髪を拭きながら、自分の格好を見下ろす両角さん。

そこで初めて、自分が笑っていることに気づいた。

「すみません。なんだか、今の両角さんを見てたら、初めて会った時のこと思い出してしまって」

「ああ……あれね。できればもう記憶から抹消してほしいところだな」

半笑いを浮かべながら、両角さんはキッチンに移動し、食器棚からマグカップを二つ取り出す。

「何飲む？　コーヒー？　お茶？」

「あ、ありがとうございます。じゃあ、コーヒーを」

ん、と言って、彼はキッチンにあるコーヒーマシンにマグカップをセットする。その間、不自然に会話が途切れてしまい、思わずさっき気になったことを口にしてしまう。

「あの。結構キッチン道具が揃ってるんですね」

聞くつもりはなかったので、内心『ああ～～馬鹿～～』と頭を抱えたくなる。

しかし、両角さんはそんな私の質問に眉一つ動かさず、「ああ」と頷いた。

「この前も言ったけど、家のことは基本自分でやる。食事ももちろん自炊だ」

「本当に両角さんがするんですか？」

　自分から聞いておきながらつい聞き返してしまう。すると、両角さんが意味が分からん、といった顔をした。

「当たり前だろ。一人暮らしなのに俺以外誰が作るんだ」

「いやだって、両角さんだったら外食とかの方が多いのかと……」

　コーヒーの入ったマグカップを、キッチンのカウンター越しに渡した両角さんは、キッチンに立ったままコーヒーを啜る。

「……外で素を隠している分、仕事が終わったらなるべく早く帰って一人でゆっくりしたくてね。自炊といっても簡単なものだけど」

　話を聞きながら、ついつい目を丸くしてしまう。

「両角さんがスーパーで買い物してる姿とか、全然想像できないんですけど」

「失礼な。たまに行くぞ。後は知り合いの農家が、定期的に野菜を送ってくれるんでね、そっちをかなり活用させてもらってる」

「そうなんですね……あ、いただきます」

　私もコーヒーを啜る。ちょうどいい熱さで飲みやすい。冷えた体が中から温まる。

「……どうせ、昔の彼女が、調理器具とか調味料とか置いてったんじゃないかって、勘ぐってたんだろ」

　マグカップを手に、両角さんが私にじとっとした視線を送ってきた。

考えていたことがバレバレで、視線を逸らせる。

「だって。両角さんならありそうだと思って」

「酷いな。ここに引っ越して来てから、母親以外の女性は上げたことないぞ」

「……え。じゃあもしかして、ご家族以外の女性は私が初……」

「そうだ。光栄に思えよ？」

そう言って、王子様のような笑みを浮かべる両角さんに笑ってしまう。

「あ、そうだ。忘れないうちに北海道土産を渡しておく」

キッチンからリビングに移動した両角さんが、テレビの横に置いてあった紙袋を差し出してきた。

「わ、ありがとうございます！　中を見てもいいですか？」

「どうぞ」

紙袋を覗いて、まず目に飛び込んできたのは、北海道といえば誰もが想像する定番のお菓子。

「これ美味しいですよね！　嬉しい、ありがとうございます」

「どういたしまして。でもメインはそれじゃない。冷蔵庫に入ってる」

「え!?　冷蔵庫、ということは……」

「蟹とイクラだ。好きか？」

再びキッチンに移動した両角さんは、大きな冷蔵庫から発泡スチロールのケースを取り出し、その中に入っていた蟹とイクラをほら、と私に見せてくる。

「えーっ!!　好きです!!　で、でも、お菓子もいただいたのにそんな、申し訳ないような……」

「いらないなら俺が一人で食う」

「わーっ!!　待って待って!!　ごめんなさい、すっごく食べたいです!!」

両角さんが蟹とイクラを冷蔵庫に戻そうとするので、私は慌ててキッチンに移動する。

シンクの横に置かれたケースに入っていた立派な蟹を見て、思わずほう…とため息がこぼれた。

「わあ〜、すごい。蟹だー……」

スーパーで身だけ売られているのはよく目にするけど、こんな立派な蟹を見たのはいつ以来だろう。

「味見する？」

両角さんが蟹の足をポキッと折り、剥(む)き出しになった蟹の身を私に差し出す。

私は条件反射でその蟹を受け取り、食べた。その瞬間、口の中にジューシーな蟹の身の甘さが広がる。こんな美味(おい)しい蟹、人生初かもしれない。

――お、美味(おい)しーい……!!

あまりの美味しさに声も出さず感動していると、隣にいる両角さんが「ははっ」と笑った。

「旨いよなー、蟹。ほら、遠慮せずもっと食え食え」

「ありがとうございます〜！　いただきます……!!」

勧められるまま蟹を食べ続け、気づけばこれだけですっかりお腹いっぱいになってしまった。

「ふう〜、こんなにいっぱい蟹食べたの初めてです」

「そうか。よかったな」

それから両角さんは、買ってきてくれたお土産の説明をしてくれた。

「北海道といえば海鮮だろ。となると、俺としては超辛口の日本酒をお勧めしたい。さっぱりして口に残らないから魚料理に合うんだ」

ダイニングテーブルで向かい合って座りながら、両角さんが私の目の前にどん、と一升瓶を置いた。

「辛口ですか！　いいですね、大好きです！」

「で、それに合うつまみなんだが、イカの塩辛。これ、ぜんぜん生臭くなくて食べやすい。いくらでもいける」

「へえ〜、美味しそう……」

両角さんは買ってきた商品を一つずつテーブルに置きながら、分かりやすく説明してくれた。

目の前に出されると無性に食べたくなるが、そこをぐっと堪えながら彼と北海道のお酒とつまみの話で盛り上がり、時間を忘れすっかり話し込んでしまった。

何気なく時計を見て、思いのほか時間が経っていることに気づく。

「あれ。もうこんな時間だ……」

両角さんも時計を見て「あ」という顔をした。

「早いな。そうだ、食事はどうする？」

「蟹でお腹いっぱいで、今日はもう入りません」

私がお腹を手でさすると、両角さんが苦笑する。

「だな。じゃあ、食事はまたの機会に」

本当はもっと早くにお暇するつもりだったのに、すっかり話に夢中になってしまった。

コーヒーを飲み終えた私は、マグカップを洗うためキッチンに立つ。すると、私と同じようにコーヒーを飲み終えた両角さんが、マグカップを持ってキッチンにやってきた。

「洗うからいいよ、そこ置いといて」

「いえ、これくらいさせてください。ついでなので両角さんの分も一緒に洗いますよ」

ちょっと強引かな、とも思ったけど、お土産ももらったし、これくらいはさせてもらわないと気が済まない。

「じゃあ……頼む」

「はい」

彼のマグカップを受け取り、洗いながら不思議な気持ちになる。

——両角さんの家で洗い物してるとか、なんだか変な感じ。

しかもこの人がうちの会社の御曹司なんだもんなあ……と何気なく部屋の中をチラ見するが、見える景色は御曹司の部屋っぽくなく、シンプルだ。

——両角さんって、外見と中身のギャップが激しいよね……知り合ってからいろいろ知ったけど、この部屋を見ているとまだまだ私の知らない両角さんがいそうな気がする……

見た目は超イケメンで笑顔がキラキラして王子様そのものなのに、中身はさばさば。この部屋は、まさに両角さんそのものじゃない？

そう思ったら、可笑(おか)しくなってきて「ふふっ」と声を出して笑ってしまった。

「なんだいきなり。思い出し笑い？」

シンクの縁に手をつきながら、カップを洗う私の隣に立つ両角さんをチラッと見た。

「そういうわけじゃないんですけど。でも、なんか想像と違ったなあって思って」

私が部屋の中に視線を送ると、両角さんが私の視線を追い、「ああ」と察する。

「地味で物が少ない家で悪かったな。あんまり物が多いの好きじゃないんだよ。派手なものもあんまり好きじゃないし」

「でも、車やマンションは立派ですよね？」

何気なく突っ込むと、両角さんはばつが悪そうにこめかみの辺りをポリポリと掻いた。

「車は欲しいと思っている時にたまたまディーラー勤務の知り合いに勧められたからだし、マンションはちょうど探してる時にここが売りに出てたからだ。どっちもこだわって買ったわけじゃない」

「へえ……」

そうなんだ、なんか意外。

「御曹司っぽくないだろ？」

「そうですね」

「正直だな」

フッと鼻で笑いながら、両角さんが私を見る。その視線が、いつもとはどこか違うような気がして、わけもなくドキドキしてきてしまう。

――いつもは大丈夫なのに、今日はなんでこんなにドキドキしちゃうんだろう……

両角さんを変に意識してしまったら、どうにも気持ちが落ち着かない。私はそれを誤魔化すように、慌てて言葉を繋ぐ。

「あの、でも私、両角さんの御曹司っぽくないところ好きですよ。自炊したりとか、私の好きな居酒屋を気に入ってくれたりするところも。それに、私の作った玉子焼きを美味しいって言ってくれたのも嬉しかったし」

おかげで、私の中で両角さんのイメージがどんどんよくなるから困る。

そんなことを思いながら、二人分のマグカップを水切りかごに置いた。

「……あのさ」

「はい？」

何気なく両角さんを見上げた。いつの間にかすぐ側にいた彼は、今までに見たことのない顔で私を見つめている。しかも、なんでか分からないけど私の頬に彼の手が添えられた。

「……え？　あの……」

両角さんの綺麗な顔が迫ってきたと思ったら、私の唇が、両角さんのそれによって塞がれていた。

――な……

長いまつげに縁取られた両角さんの目が、至近距離にある。そんな場合ではないのに、綺麗な目だと思った。突然の状況に、私の心臓がどっきんどっきんと大きく脈打っているのを感じる。頭が混乱してどうしていいか分からない。

何故、両角さんは私にキスをしているのだろう。

「目、閉じて」

一瞬だけ唇を離し、甘い声で囁いた両角さんは、また私の唇にキスをする。腰には彼の手がしっかりと添えられ、唇を何度も啄まれた。

「……っ、んっ——!?」

声を出したくても、混乱と動揺で言葉にならない。

——ど、どうしたらいい、の……?

なんだか分からないけど、とりあえずこの状況から逃れなければ。そう判断した私は、顔を後ろに反らす。しかし、すぐに彼の手に後頭部を押さえられ、さらに深く口づけられた。

どうして私にキスをするのか分からず困惑する一方で、唇に触れる優しい感触に、このまま身を任せてしまいたくなる。

——だめ……離れないと……

だって私は、彼の恋人役であって、本当の恋人じゃないんだから。

両角さんの胸を両手で押し返し、彼の唇が離れたタイミングで顔を背けた。

「……いっ、いきなり、何するんですか……!」

口を手で押さえながら、私は息も絶え絶えに抗議をする。

「分からない？」

「分かりません」

「分かれよ」

そんなこと言われても、と両角さんから逃げるように視線を逸らす。

しかし、頬に触れたままの手がそれを許さない。彼は私を真っ直ぐ見つめながら、再び距離を詰めてきた。

「君は俺の恋人だろ？　だから……キスした」

「……でも、それは……」

周囲を欺くための嘘。私は、本当の彼女じゃないのに。

そう言おうとしたら口を覆っていた手を剥がされ、黙れ、とばかりに素早く口を塞がれてしまう。

慌てて手のひらで両角さんの胸の辺りを叩くけど、彼はキスをやめてくれない。それどころか、私の唇を割って彼の舌が口腔に差し込まれる。

「ふ、うっ……!?」

――舌がッ……

はっきりいってあまり経験のないディープキスに動揺し、彼の胸を叩く手から力が抜けていく。

持って行き場のない手は、開いた状態で固まってしまう。

どうしたらいいか分からなくてされるがままになっていると、奥に引っ込んでいた舌を絡め取られる。唾液を纏いピチャピチャと艶めかしい音を立て、彼の肉厚な舌が私の口腔を隅々まで犯していった。

でも犯されているのは唇と舌だけじゃない。彼のキスでお腹の奥がキュンキュンと疼きまくり、体から力が抜けて足下から崩れ落ちそうになった。

頭の中が全て吹っ飛んで真っ白になり、両角さんからのキスだけで全身犯されているような、不思議な感覚に陥った。

舌を絡めるのをやめた両角さんは、今度は唇ごと食べるように深く口づけてくる。角度を変え、何度も繰り返しながら彼は私を強く抱き締める。

長いキスを終え、ようやく両角さんの唇が離れると、力が抜けた私はそのまま彼の胸に顔を埋める格好になった。

「……大丈夫か？」

両角さんの心配そうな声が頭の上から降ってくる。

――大丈夫なんかじゃ、ない……

声に出したくても、息が上がっていて声にならない。

キスされる理由なんて何も思い浮かばない。

考えれば考えるほど、頭の中がめちゃくちゃになっていく。

激しいけど私のことを愛おしむような、どこか優しくもあるキス。

あんな艶めかしいキス、恋人にする以外に誰にするというのだ。

だけど私は彼の恋人じゃない。そう考えると、ますますこの状況が理解できなくて、どうしたらいいのか分からなくなる。

これ以上わけの分からないことになる前に、この場から逃げ去りたい——

そう思ったら勝手に体が動いていた。

渾身の力で彼の腕を振り解き、素早くキッチンを出る。

「私……帰ります」

早口でそう言うと、自分の荷物を引っ掴んで足早に玄関へ向かった。

「ちょっと待て、まだ雨が降ってるから送る」

「だ、大丈夫です。お邪魔しました」

「ちょ……」

待て、という彼の制止を聞こえないふりして、私は彼の部屋のドアを閉めた。

そこでようやく、私は大きく深呼吸をする。だけど、すぐに両角さんとのキスがフラッシュバックしてきて、心臓がバクバク暴れ出した。

混乱したまま足早にマンションを出た私は、自分のマンションに向かって歩みを進める。幸いにも雨はほぼ上がっていて、歩いて帰るのに支障はなかった。

でも、家に帰っても、さっきのことを考えてモヤモヤするだけだ。

そう思った私は、馴染みの居酒屋に寄って、一旦気持ちを落ち着けてから帰ることにした。

それなのに、辿り着いた店の灯りが点いていないことに気づく。どうやら臨時休業のようだ。

「うっ……なんでこんな時にお休み……」

奥さんの温かい料理を食べていろいろリセットしたかったのに……

がっくりと肩を落とす私の視界に、小路さんのバーの灯りが映る。

――バー……にしようかな。

先日のヘアメイクのお礼もしたいし、気を取り直した私はバーのドアを開けた。

「ああ、いらっしゃい」

私の顔を見て、にこっと微笑む小路さん。

最近の条件反射で、さっと店内を見回す。私の他には男性客が一人カウンターでお酒を飲んでいるだけで、他にお客さんはいないようだった。

それなら少しだけ小路さんとお話ししても大丈夫かな。

「こんばんは。この間はいろいろとありがとうございました、助かりました」

「いえ。あの後大丈夫でした？」

「はい。何人かの方に、セットが素敵だって褒めていただけました」

それを聞いた小路さんは「それならよかった」と微笑んだ。

「ところで、今日は彼と待ち合わせですか？」

彼、と言われてドキッとする。

「い、いえ。今日は、一人です」

動揺が伝わらないように平静を装う。小路さんは、首を傾げながら私を見つめていたけど、深く聞いてこなかった。

「今日も日本酒にしますか」

「はい。何かお勧めはありますか」

「ええ、ありますよ。これなんかどうですか」

小路さんが冷蔵庫から一升瓶を取り出す。

彼によると、東北で造られたお酒とのこと。これまで飲んだことのない銘柄だったので、即決した。

冷酒杯に注がれたお酒を一口飲み、はあっと息をつく。

いつもならここでホッとリラックスするところだけど、今日はさすがに無理だった。

どうやっても、さっきのキスを思い出してしまう。

あれってどういうことなの?

分かれよって、何を?

──あれじゃあまるで、私のこと好きって言ってるみたいじゃない。

御曹司で、イケメンの王子様──そんな人が、私のことを好きだなんて、そんなことありえる?

でも、あんな……甘いキスを……好きでもない人間にしたり、するかな……

小路さんが別のお客さんのところへ行ったタイミングで、思わず頭を抱えた。

──明日から、どうしよう……

はあー、と大きくため息をつく。

その時、バーのドアが開いて新しいお客さんが入ってきた。若い女性の三人組だ。

女性客は私から一つ空(あ)けた隣のカウンター席に並んで座り、それぞれカクテルを注文した。

「このお店、雑誌に載ってましたよね。私達、それを見てきました」

「そうでしたか、ありがとうございます」

「イケメンマスターがいるって書いてあったから、楽しみにしてたんです。本当にイケメンですね!」

笑顔で応対する小路さんに、三人の女性はキャアキャアと盛り上がっている。

――へえー、なんの雑誌だろう。確かに小路さんイケメンだもんね……

両角さんは王子様的な綺麗系イケメンだが、小路さんはどちらかというとあっさりとした爽やかイケメンという感じ。イケメンはイケメンでも両角さんとはタイプの違うイケメンだ。

盛り上がるお隣さんの横で静かに日本酒を飲んでいると、何故か強い視線を感じる。なんだ？　と思ってそちらに目を向けると、三人の女性客のうち一人が私をじっと見ていた。

「……あれ、あなた……同じ会社の人よね？　確か、王子様の恋人だっていう人事部の……」

そう言われた瞬間、私の顔が強張る。

「え」

側にいた小路さんが、ちらりと私に視線を送ってきた。

まさかここでうちの会社の人と会うなんて。

どうしようと焦る私に構わず、三人の女性客はさらに盛り上がり始めた。

「ああっ、本当だ!!　えっと人事部の浅香さん……よね!?　まさかこんなところで会うなんて」

「びっくり！　今日も両角さんと帰ったんじゃなかったの？」

驚く私を置き去りに、どんどん話を進められる。反応に困っていると、三人のうちの一人が自己紹介してきた。

「私達、あなたと同じ会社で宣伝部なの。中途採用で入社して三年目になるから、地方にいた浅香さんは知らないかもだけど」

しっかりめのメイクに、雑誌をお手本にしたような今どきの服装。そして、爪先までバッチリ整えられたネイル。

明らかに私とはタイプの違う、意識高い系の女性達に怯む。

「そうなんですね。すみません、私、本社の人の顔を、まだあんまり覚えていなくてっていうか三年前に入社したってことは、私の後輩になるのか。

それにしても、会ったこともない人まで、私が地方にいたことを知ってるなんて、一体どこまで社内に噂が広がってるんだか。

両角さんの恋人、というネームバリューはすごいなほんと……

どう反応していいか困っていると、三人はどんどん私に質問を被せてきた。

「ねえねえ、実際のところ、両角さんとはどうやって知り合ったの？　好きになったのはどっちが先？」

「きゃー、それ私も知りたい！」

こっちの都合はお構いなしに期待の眼差しを向けてくる彼女達に、心底困り果てる。

「あの……そういったことは、私の口からはちょっと……」

適当にどこかで知り合って仲良くなって、とでも言えばいいのかも知れないが、あることないこと噂されて、面倒なことになったら大変だ。

ここは、あまり話さない方がいいだろう。

それなのに、彼女達はなかなか退いてくれない。

「ええー、いいじゃん、ちょっとだけ！　内緒にするから」

「そうだよ、ここだけの話にするから教えてよ、同じ会社のよしみで」

――いやいや、同じ会社だから言えないんでしょうが!!

と言いたいのをグッと我慢して、頭を下げた。

「個人的なことなので言えません。ごめんなさい」

自分なりに誠意を尽くしたつもりだったけど、彼女達には逆の印象に映ったようだ。

「ええ……そんな風に謝られたら、私達が悪いことしているみたいじゃない」

「ねー、ちょっと教えてって言っただけなのに……何様？」

「やめなって。こんなところで」

どうやら三人のうちの二人の気分を害してしまったらしい。

「すみません」

どうしていいか分からず、もう一度謝るものの、彼女達の態度は悪化するばかり。

「……大体さー、なんで王子様はこんな普通の子を選んだわけ？　よさが全然分からない」

「ほんとよね。あー！　逆に庶民派アピールするためにこの子にしたんじゃない？　ほら、どっかの資産家令嬢とかだったらさ、お似合いすぎて周りが引いちゃうから」

「それだ！」

あはははと笑い合う二人を、もう一人が「もういい加減、やめなよ！」と止める。

——なんだこれ。

いくら酔っているからって、いい大人の言うことか？　さすがに付き合っていられない。

私は残っていた日本酒を飲み干し、代金をその場に置いて黙々と帰る準備を始めた。

しかしそれがまた気にくわないとばかりに、彼女達がヒートアップする。

「あーあ。なんか、王子様にはがっかりだな。ほんと、いいのは顔と立場だけよね」

さっきから一番攻撃的な女性が、あろうことか両角さんを非難した。

——顔と立場だけだなんて、よくもそんなことが。

彼が普段どれだけ会社のために忙しく働いているか、知りもしないで。

彼の表面しか見ていない人に、両角さんを悪く言われるのは我慢ならない。

さすがの私も、堪忍袋(かんにんぶくろ)の緒がプツンと切れた。

「私のことは何を言われても構いませんけど、両角さんのことを悪く言うのはやめてくれませんか」

　これまでずっと黙っていた私が真顔で反論したものだから、彼女達の顔がみるみる強張った。

「……何よ、ここへきて急に恋人面するわけ？」

　一番攻撃的な女性が、体ごと私の方を向く。後の二人はさすがにまずいと思ったのか口を噤んだ。

「恋人面でもなんでもいいですけど、毎日会社のために忙しく働いている人に対して、がっかりとか言われるのが許せないだけです」

　こちらを向いている女性が、わなわなと体を震わせる。

「じゃあ言わせてもらうけど！　両角さんみたいなハイスペックな人に選ばれた相手が、彼と同じくらいすごい人ならこっちだって納得するし、諦めもついたのよ。それが、選ばれたのはどこからどう見ても普通の、特別秀でたところのないあなた。それを聞いて、私を含め社内のどれだけの人間がショックを受けたと思ってんのよ！」

「それは、すみません」

　今言われたことは、私自身も常々思っていることなので反論のしようがない。

「だけど、それと両角さんの悪口は別です。私のことが気にくわないからって、彼の文句を言うのはお門違いじゃないですか。そこだけはちゃんと訂正してください」

彼女の苛立ちは分からなくもない。けど、さっきのアレだけはきっちり謝ってもらわないと気が済まない。

唇を噛んで震えていた女性の顔が、見る見る怒りで紅潮した。

「……あんた、年下のくせに生意気なのよ!!」

彼女はヒステリックに私を怒鳴りつけたかと思うと、怒りに任せてカクテルグラスの中身を私に向かってぶちまけた。

「っ!」

この場にいる全員の視線が私に注がれた時には、私は頭からカクテルを滴らせていた。

辺りに、桃のような甘い香りが漂う。

「やりすぎですよ、お客さん!」

珍しく怒りを含んだ小路さんの声に女性がハッと身を震わせた。

そんな小路さんに少し驚きつつ、私は彼から受け取ったタオルで顔を拭く。

「なんか……前も似たようなことがあったな……」

これは、両角さんと知り合った日の光景そのままだ。

——彼も、こんなやるせない気持ちでいたのかな。

「ねえ、やりすぎだよ」

「そうだよ、早く謝った方がいいって……」

「何よ、私は謝らないわよ！　これくらいしてやんないと気が済まないわ」

他の二人に窘められても、ヒートアップした彼女の怒りは収まらないらしい。

「聞けばあんた、こっちに戻ってきたの最近だっていうじゃない。それなのにどうやって両角さんと仲良くなったわけ？　私なんか、二年以上本社に勤務してるのに、会話を交わしたことすらないのよ⁉　ずるいわよあんたばっかり！」

泣きそうな勢いで私に食ってかかる女性に、いろいろ察してしまった。

――あー、つまりこの人は両角さんのことが本気で好きだった、という……

バーの中がとんだ修羅場になっている状況に、奥に座っていた男性客がひっそりと店を出て行った。それと入れ替わるように、一人の男性が店の中に入ってくる。

その人は、私の顔を見るなり表情を消した。

「……それ、どうした。誰にやられたんだ」

入ってきたのは両角さんだった。ラフな部屋着姿から、シンプルなシャツとブラックデニムに着替えている。

「両角さん、なんで……」

ここに現れるはずのない人の登場に、女性三人組も青くなってフリーズしていた。

「すみません。私が連絡しました」

小路さんが神妙な顔で頭を下げた。そうだ、この人は両角さんの連絡先知ってるんだった。

大股で私の側まで来た両角さんは、前髪から胸の辺りにかけてびしょ濡れになった私の姿を見て、見る見る表情を険しくしていった。

「なんでこんなことになってるんだ？　まるで……」

途中まで言って、両角さんは鋭い視線を彼女達に向ける。

「……宣伝部の荒井さんと、石村さん、それと佐竹さんですね。……これは一体どういう状況なのか説明していただけますか」

まさか名前を呼ばれるとは思ってなかっただろう彼女達は、一様に驚いた顔をする。

「あ……あの、私……」

私にカクテルをぶっかけた女性が、今更ながらに動揺し小刻みに震え出す。

「別に、何も……ねえ」

「う、うん」

他の女性二人がその場を誤魔化そうとするけれど、両角さんの追及は止まらない。

「はいそうですか、と納得すると思うか？　美雨の姿を見れば、何があったかくらい分かるだろうが。誤魔化せると思ったら大間違いだぞ！」

いつの間にか、両角さんの口調がほとんど素になっていることに気づく。

──いけない。止めなきゃ！

「両角さん、私は大丈夫です!!　それじゃあ皆さん、今夜はこれでお開きということで！」

彼の腕を掴みつつ、彼女達に早くここから出て行くように促す。

「か、帰ろっか」

「う、うん……ほら、行こう」

こちらの意図を汲み取った彼女達が、そそくさと代金を払って店を出ていく。

一番喧嘩腰だった彼女は、両角さんの登場によほどショックを受けたのか、他の女性に引きずられながら店を出て行った。

そうして、店内には私と両角さん、小路さんだけになる。その途端、素の両角さんが、盛大に怒りを露わにする。

「なんで止めるんだよ!?　さっきの三人の誰かにカクテルぶっかけられたんだろうが!?」

感情が昂りすぎているせいか、いつにも増して口調が荒々しい。

──こんな両角さん初めてだ。

「……それは、ほら有名税っていうか……」

ここで何があったかを彼に話すのは、告げ口するみたいでいやだ。

　正直にそう言うと、両角さんはさらに表情を険しくさせる。

　どうやらますます機嫌を損ねてしまったようだ。

「だったら、なんであのまま帰すんだ。君にこんなことした奴らに、一言言ってやらなきゃ気が済まない」

「だって、両角さん思い切り素が出てたんですもん。あのままじゃ、いつもはキャラ被ってるって彼女達にバレちゃいますよ‼」

「バレたっていい！」

「よくない‼」

　何故か私達が言い合いを始めてしまい、お互いにムッとしたまま顔を見合わせる。

「何のために今まで苦労して王子様のキャラ被ってきたんですか！　こんなことで今までの努力を水の泡にしてどうするんです⁉」

「自分の好きな女すら守れなくて、何が王子様だよ」

　吐き捨てるようにそう言った両角さんに、息を呑む。

「……それは、どういう意味ですか？」

「好きでもない相手に、普通あんなことしないだろうが」

　両角さんがぼそっと言った言葉に、私は言葉を失う。

　呆然と立ち尽くす私の手を、両角さんが掴(つか)んだ。

「マスター、いろいろすまなかった。それと連絡くれてありがとう。この埋め合わせは必ずする」

　頭を下げる両角さんに、小路さんは笑顔で首を横に振った。

「埋め合わせなんか要りませんよ。またのご来店をお待ちしています」

「ありがとう」

「あの、お騒がせして申し訳ありませんでした。また来ます！」

　私もにこにこと手を振る小路さんに頭を下げて、両角さんに手を引かれるまま店を出た。

「もう一度俺んち行くぞ」

「えっ……でも、私……」

　さすがにこの格好では、と両角さんと濡れたシャツを交互に見る。

「君のマンションは男子禁制だろう。……まだ話が終わってないから」

　そう言って、両角さんは私の目を見つめながら、手を強く握った。

「……っ、わ、かりました」

　黙々と歩いていた両角さんだが、しばらくしてぼそぼそと口を開いた。

「マスターから連絡もらって、びっくりした。できるだけ急いだんだけど……間に合わなくて、悪かった」

「いえ、そんな……」

前を向いている両角さんに、小さく首を振った。

外に出る時はいつも、完璧な王子様スタイルを保っているのに、今の両角さんはとりあえず着替えて飛び出してきたといった感じで、髪も整えていない。

本当に連絡を貰ってすぐに飛んできてくれたのだと思ったら、きゅうっと胸がしめつけられる思いがした。

「ごめんなさい……」

「なんで謝るんだ。君が謝ることじゃないだろ」

戻るまでの道中ほぼ何も喋らなかった両角さんと、再び彼のマンションに戻ってきた。

――ついさっき飛び出した部屋に、また戻ってくることになるとは……

落ち着かない気持ちと、不安な気持ちが混ざり混ざって、ちょっと吐きそうだった。

「とりあえず、シャワーと着替えだな。俺のシャツを貸すから着替えて。その間に君のシャツを洗濯しておく」

「えっ!! いいですよ、ちょっと拭けば着られます」

「何言ってんだ、ピンク色のリキュールの跡が広範囲に残ってるだろ。早く洗わないと」

そう言われて自分のシャツを見下ろす。明るい場所で見たら、両角さんの言う通りピンク色のシミが散らばってえらいことになっていた。

「……すみません……お言葉に甘えてシャツをお借りします。あと、自分で洗います！」

いくらなんでも両角さんにシャツを洗わせるわけにはいかないと、断固として拒否する。

「分かったよ。じゃあ洗い終わったシャツ洗面台に置いておいて、乾燥機にかけるから。君はゆっくりシャワーを浴びてくれ。シャンプーでもなんでも、あるもの自由に使っていいから」

「す、すみません……何から何まで」

本当は遠慮したいんだけど、シャツの下まで濡れてて気持ち悪いから、早くシャワー浴びたい。

両角さんは手早くタオルやらシャツやらを準備して、私をバスルームに押し込んだ。

ふう、と一息ついて、洗面台の鏡で自分の姿を見る。

――酷いなこれ。確かに早く洗った方がよさそう。

運良くブラジャーまでは染みていなかったので、シャツとキャミソールを洗い、軽く絞って洗面台に引っかける。そして、一瞬躊躇ったものの残りの服を脱ぎ捨て、私はバスルームのドアを開けた。

まさか両角さんの部屋でシャワーを借りることになるとは、と困惑しながらシャワーに打たれる。しばらくすると脱衣所の方で音がした。

おそらく、両角さんが私の服を乾燥機に入れてくれたのだろう。

御曹司にいろいろ気を使わせる平社員ってどうなの、と若干凹（へこ）みつつ、シャワーを終えた。

両角さんの大きなシャツを羽織り、自前の黒の膝丈スカートを穿（は）いてリビングに戻る。

「シャワーありがとうございました」

キッチンにいた両角さんに声をかけると、彼は煎（い）れたてのお茶を私に差し出してきた。

「ほら。今夜はもう酒はいいだろ」

「……はい、いただきます……」

さすがの酒好きの私も、顔に酒をぶっかけられた後に、飲もうという気にはなれない。

ダイニングテーブルに座った私は、キッチンカウンターを挟んで彼と向かい合う。

お互い無言でお茶を啜（すす）る。

——どうしよう……一体何を話したら……

聞きたいことはあるのに、何を喋（しゃべ）ったらいいのかちっとも思い浮かばない。

すると、両角さんが先に口を開いた。

「さっき、なんで飛び出していったの」

「……っ、それは……あの……」

「キスしたから？」

静かな彼の口調に、私は言葉に詰まった。

「その、びっくりしてしまって……なんか居たたまれなくなっちゃって」

「……いきなりしたのは、悪かった」

でも、と両角さんが続ける。

「キスしたことは後悔してない」

「え」

「俺は君が好きだ」

いつにも増して真剣な表情の両角さんを目の当たりにし、私の体に緊張が走る。

いきなりの告白に言葉を失う。

だけど、さっきもそうだ。あの時の両角さんも、今みたいに真っ直ぐ私を見てはっきりと言った。

『好きな女』と。

改めてそのことを思い出したら、急に両角さんを意識してしまい、顔に熱が集まってきた。

――……そんな……うそ……

相手は両角さんだし、そんなことあるわけないと思い込んでいた。

信じられなくて、戸惑いの視線を両角さんに向ける。だけど、彼の顔は真剣そのもの。とても嘘を言っているようには見えない。

――ほ、本当に、私のこと……？

一気に顔に熱が集中してきた。

「う、嘘だ……なんで両角さんみたいな人が私を？　一体どこが……」

あまりにテンパりすぎて、口をついて出てくるのは可愛くない言葉ばかり。

これには両角さんも困ったような顔をして、頭を掻いた。

「どこがって……全部だよ。一緒にいるうちに君といることが楽しくて、このままずっと一緒にいたいって思うようになった。少なくとも俺は、結構早い段階で君のことを意識してた」

「……うそ」

「嘘じゃない。それに俺、だいぶアピールしてたつもりなんだけど」

そう言われて、ホテルでの出来事が頭に浮かぶ。

――もしかして、あの時すでに両角さんは私のことを……

自覚した瞬間、心臓の音が大きくなってきて、どうしたらいいか分からなくなる。

「……し、信じられない、そんなこと」

両手で頬を押さえ俯く私の耳に、両角さんの声が届く。

「君は、俺のことどう思ってる」

ストレートに聞かれて、ひときわ大きく胸が跳ねた。

「……私は……」

――私は……？

「俺のこと、ちゃんと一人の男として見てくれてる？」

キッチンにいた両角さんが、静かに私の隣へ移動してくる。

「そ、それは、もちろん……」

そこで、はたと自分の気持ちを考える。

私にとって、両角さんは最初から特別な人だったと思う。

出会いこそ予期せぬものだったけど、話しやすくて、一緒にいて居心地がよかった。

会社では王子様なんて言われてたけど、私は彼をそんな風に思ったことはなかった。

確かに王子様みたいに整った容姿をしているけど、両角さんのよさはもっと人間臭いところだと思うから……

それが恋かどうか分からないけど、両角さんの存在は確実に私の中で大きくなっている。

上手（うま）く言葉にできない思いを込めて彼を見つめると、熱っぽい視線が返された。

「……キスしてもいい？」

言葉と共に、綺麗な顔が眼前に迫ってきて、チュッとキスをしてすぐ離れた。

「怒った？」

「……お、怒りませんよ」

――恥ずかしいけど。

「じゃあ、抱き締めてもいい？」

両角さんが私の反応を窺いながら、静かに聞いてくる。

一瞬考えて、私は首を縦に振る。

「ど、どうぞ」

「ぞ」のあたりで両角さんの手が私の背中に回り、ぎゅっと強く抱き締められた。

彼の香りが、すぐ目の前から香ってくる。

――両角さんの匂いって、なんか落ち着く……

彼の大きな手が私の背中を優しく撫でる。その心地よい感触にホッと身を任せている
と、両角さんが少しだけ距離を取りそっとキスをしてくる。

でも今度のキスはさっきと違った。

触れたと思った次の瞬間、深く唇を重ねられ、噛みつくように激しく貪られた。

「……っ、ふ……」

のしかかってくる彼の重さについ重心が後ろにいってしまう。

苦しいけど、キスをやめることができない。むしろ、やめたくなくて、私は彼のシャツを掴(つか)んで、必死にキスに応(こた)えた。

息を乱しながら長いキスを終え、両角さんが私の耳元で小さく囁(ささや)く。

「……触ってもいい？」

鼓膜を震わす彼の美声は、簡単に私から抵抗する気持ちを奪ってしまう。力が抜けぼうっとした頭のまま、私は縦に二回首を振った。

私の承諾を得た両角さんは、シャツの裾からゆっくり手を入れてくる。

素肌に直接触れた彼の手に、ぞくぞくと肌が粟立(あわだ)つ。

お腹から徐々に上へ滑らされた手が、すぐにブラジャーに到達。彼の大きな手がブラジャーの上からさほど大きくない私の乳房を包んだ。

その瞬間、ピクッと体が揺れた。

「んっ……」

「いやか？」

「……いやじゃない、です」

優しく微笑んだ両角さんが、手のひらで円を描くように優しく乳房を揉(も)みしだく。それと同時に耳朶(じだ)をかぷっと食(は)まれ、そのまま首筋に沿ってキスを落とされる。

「……あっ……」

思わず体を後ろに反らしながら、ビクッと震えてしまう。

どこに触れられても感じてしまい、ドキドキが止まらない。

それに……この流れは、確実に——セックスしてしまう流れだ。

このましてしまってもいいのか？　と困惑する自分がいる。でもそれ以上に、両角さんの腕の中が心地よくて、このまま身を任せてしまいたくなる。

——なんで、彼にはこんな気持ちになるんだろう……

随分昔だが、私にも彼氏がいた。処女はその時に喪失したが、相手が非常に淡泊な人だったこともあり、セックスが気持ちのいいものというイメージはなかった。

だからこんな風に、体が蕩けてしまうような愛撫をされたのは生まれて初めての経験だった。

首筋へのキスと胸への愛撫だけで、すでに私の蜜口からはじんわりと蜜が溢れ始めている。

——うそ……、もう濡れてきちゃっ……

ちょっと触られただけなのに、こんなにも感じている自分に驚く。私の顔は羞恥で熱くなった。

「……っ、だ、め……」

羞恥で熱くなった顔を見られたくなくて、彼から顔を背ける。

両角さんは、愛撫(あいぶ)の手を止めて私の顔を覗(のぞ)き込んできた。

「何がだめなの？」

その甘い声にドキッとなる。でも、これ以上触られたら、もっと濡れちゃうなんて言えない。

そんな私をじっと見ていた両角さんが耳元で囁(ささや)いた。

「ベッドに行こう」

甘いお誘いに、口から心臓が飛び出そうなほどドキドキした。

「……っ」

こんな時、自分の経験値のなさに泣きたくなる。

なんて返事をすればいいのかぐるぐる考えていると、両角さんが口を開く。

「君がいやならやめる」

頬を撫でられながら優しく言われると、きゅんと胸がせつなく疼(うず)いた。

いやか、いやじゃないか――その答えは、私の中ではっきりしている。

「いやじゃないです……」

経験がなさすぎて、こういう時どうしていいか分からない。

でも、両角さんに抱かれたいと思う、この気持ちは、もう止められなかった。

両角さんが私の手を引き、椅子から立ち上がらせる。

そのまま手を引かれてベッドルームに連れて行かれた。

そこそこ広い空間の真ん中にダークブラウンのベッドが置かれ、きちんとベッドメイクされている。大きさはダブルか、もしかしたらもっと大きいサイズかも。

両角さんは枕元の間接照明を点けると、私をベッドの上に座らせて自分もその隣に座った。

「これが『彼シャツ』ってやつか」

私が着ている自分のシャツを指で摘まみながら、両角さんが笑う。

「あ、そ、そうですね……私も着るのは初めてです」

「俺も着せたのは初めて。確かにいいな、これ。でも、脱がすけど」

思わず私が噴き出すと、両角さんも笑った。そして、私のシャツの前ボタンに手を伸ばす。

下にはブラジャーしか身につけていないので、あっという間に素肌が彼の前に曝け出された。

「綺麗な肌」

両角さんが私の胸の辺りに顔を近づけ、露わになった鎖骨にチュッとキスをする。そこから唇を滑らせ、乳房の膨らみにも吸い付いた。

彼が胸の辺りで動く度に、髪が肌に触れてこそばゆい。

「く、くすぐったい」

笑いを含みつつ訴えると、ちらっとこちらを見た両角さんが口を開く。

「すぐにそんなこと言えなくしてやるから」

さっきまでとは違う情欲を帯びた両角さんの眼差しに、息を呑む。

私が固まっているうちに、両角さんの手が後ろに回され、パチンとブラジャーのホックが外された。彼は素早く私の腕からブラジャーを取り去ると、下からすくい上げるようにしてゆっくりと乳房を揉み込んでいく。

「柔らかくて、綺麗な形の胸だな。ここも……」

まるで観察するようにじっと視線を胸に固定しながら、指の腹で乳首を一撫でされる。優しすぎず、強すぎない絶妙なタッチに腰が大きく揺れた。

「んっ……」

「感度がいいな」

ほんの少し口元を緩めた両角さんが、そのまま胸の先端に舌を這わせる。ざらりとした舌の感触に、背筋がぶるりと震えた。

「……っ、ん！」

「感じてる美雨、可愛い」

嬉しそうに目尻を下げた両角さんは、胸の先端を口に含み、強く吸い上げる。胸の先からぴりぴりとした快感が体に伝わり、お腹の奥の方が痺れた。

同時にもう片方の乳房も掌で包まれ、指の腹を使ってゆっくりと揉み込まれる。

「……っ、は……」

甘い吐息を漏らしながら、私の胸元にある両角さんの頭を両手で撫でる。

背の高い両角さんの頭を見下ろしているのが不思議だった。

――両角さん、なんか可愛い……

くちゅ、くちゅと水気を帯びた音が、静かな部屋の中に響き渡る。

ちゅぱ、と大きな音を立て胸から唇を離した両角さんが、指で先端を転がしながら、私にチラリと視線を寄越す。

「すごく硬くなってる」

執拗に舌で攻められた胸の先端が、薔薇の蕾のように硬く勃ち上がっている。そこへ間接照明の光が当たり、妙に艶めかしく見えた。

見慣れたはずの自分の胸が、初めて見るものみたいに思える。

「……っ、そんなの、いちいち言わなくていいですっ……」

両角さんの視線を避けて顔を逸らすが、かえって彼の欲望に火を点けてしまったようだ。

「恥ずかしがる美雨もいいね」

そう呟いた両角さんは、今度は反対側の胸の先端に吸い付く。そして、これまで散々嬲って硬く立たせた方の先端を、指の腹で引っ掻くように何度も愛撫した。

「ああんっ、やっ、それ……だめっ……」

さっきよりも強い刺激を繰り返し与えられ、私は大きく背中を反らせた。

まだ胸しか触られていないのに、すでに私の下半身はぐっしょり。

こんな状態を知られたら、両角さんに引かれるんじゃないだろうか。

不意にそんな考えが頭をよぎって怖くなる。

「い、やあ……っ、両角さ……そんなにされたら、私っ……」

いやいやと首を振る。だけど両角さんは胸への愛撫をやめてくれない。

それどころか、さらに行為が激しくなった気がする。彼はジュルジュルと音を立てて、強く先端を吸い上げた。

「……ッ!!」

鋭い快感により、ビクッと体を仰け反らせる。ようやく顔を上げた両角さんは、濡れた口元を親指で拭いつつ、着ていたシャツを乱暴に脱ぎ捨てた。

目の前に突如現れた、鍛えられた肉体にハッと息を呑む。

それに気を取られているうちに、気づけばベッドに倒され両角さんにのしかかられていた。

両手をベッドに縫い付けられ、王子様とはほど遠い妖艶な表情で私を見下ろす彼に目が釘付けになる。

「美雨」

熱を宿した瞳に見つめられ名前を呼ばれると、得も言われぬ幸福感に襲われた。

「はい……」

「俺の名前、呼んで」

「……央……さん」

慌てて敬称をつけたら、フッ、と小さく笑われた。

「この状況でそんなのつけなくていいのに」

「いえ、そういうわけには……」

「君のそういうところも好きだけどな」

そんなこと言われたらこっちは照れてしまって、なんて返したらいいのか分からなくなる。

困惑して黙り込んでいると、両角さんの綺麗な顔が近づき、唇に柔らかい感触が押しつけられた。

「ん……」

最初は優しい、触れるだけのキス。

だけどすぐに肉厚な舌が口腔に入り込んできて、濃厚なキスに変化した。

彼の舌は緊張して奥に引っ込んでいた私の舌を誘い出し、強引に絡め取る。

「ふ、うっ……」

角度を変えてよりキスが深まると、互いの唾液がピチャピチャと卑猥な音を奏でる。

それがいっそう私の中の情欲を掻き立てた。

——こんなエロいキス、初めて……

自分でも分かるくらい、止めどなく股間から蜜が溢れてくる。居たたまれなさに耐えかねて、私はキスをしながら太股を擦り合わせた。

私のそんな様子は、しっかりと両角さんに気づかれていたらしい。

胸を愛撫していた両角さんの手が、胸から離れ下腹部へ移動する。そして、スカートのホックを外し、ウエストから中に差し込んできた。

そこから滑るように、ショーツのクロッチ部分をなぞられる。

「あっ……」

「さっきからずっと擦り合わせてるから、触ってほしいのかと思って」

唇を離した両角さんに、至近距離で言われて頬が熱くなる。

ぐっしょりと濡れているそこを、骨張った両角さんの指が何度も往復する。その刺激でさらに奥から蜜が溢れてくるのが分かった。

——やだ、恥ずかしい、私……

手の甲で顔を覆って、恥ずかしさに耐える。するとおもむろに上体を起こした両角さんが、私のスカートをショーツと一緒に脚から引き抜いた。

「あ、やっ……」

慌てて脚を閉じようとするが、両角さんの手で大きく広げられてしまう。

「この状況で隠したって無駄だろ？　それに……だいぶ準備が整ってるみたいだけど」

「……っ」

「まだ照れるとか。美雨は意外と初心だったんだな」

なんとなく嬉しそうに言う両角さんを、軽く睨む。

「こんな状況で、余裕なんかないですよっ……」

「俺だって余裕なんかない」

そう言って、両角さんが私の脚の間に体を割り込ませた。大きな手で私のお腹を撫でながら、キスを落としていく。彼の唇がお腹からだんだん下腹部に移動し、繁みに到達する。

そんな場所にキスなんてされたことがない私は、思わず彼の動きを手で制した。

「待っ、あの、そこは……」

だけど両角さんは私の手を掴むと、そのまま指を絡めて握り込んだ。

「いいから。黙って感じてな」

とても王子様とは思えない台詞にゾクッと背筋が震える。それと同時に彼の指が繁みの奥の襞を捲り、中心にある敏感な蕾に触れた。

「あっ……」

びくりと腰を揺らした私にチラリと視線を送った彼は、今度は伸ばした舌先で蕾に触れる。軽く突かれた後、ねっとりと舐め上げられた。体を走り抜ける強い刺激に、私の背中が大きく弓なりに反る。

「ああん!!」

「……膨らんできた、ここ。可愛いな」

私の反応に気をよくしたのか、それとも何か彼の中のスイッチを押してしまったのか。それから両角さんは、執拗にそこを攻め始めた。

私が快感に身悶えし、上半身を大きく左右に揺らしても、行為をやめる素振りはない。彼から与えられる愛撫が気持ちよすぎて、どうにかなってしまいそうだった。

「や、だ……やめて、もろずみさんっ……」

「いやだ」

きっぱり言った後、両角さんが嬲っていた蕾を強く吸い上げる。その途端、激しい快感と共にお腹の奥がキュッと疼き、快感が高まる。

――だめ、なんか……きちゃう……!!

「んっ……!!」

私の中で何かがパチンと大きく弾け、目の前が真っ白になった。

ハアハアと浅い呼吸をしながら、放心状態で天井を見つめる。

――もしかして、これが絶頂というもの……?

初めての経験に、自分でも驚いた。

「……気持ちよかった?」

「……は、い……」

頷く私を見て、嬉しそうに微笑む両角さん。だけどその手は、愛撫を緩めようとはしない。

気づけば、とろとろと蜜をこぼす蜜口に指を入れられた。

「きゃっ……あん……」

長い指を中で掻き回すように動かされる。そうかと思えば、何度も出し入れされた。

その度にピチャ、クチュ、という水気を帯びた音が聞こえてきて、恥ずかしさに両手で顔を覆う。

「……っ、やだ……」

「すごい溢れてきた。もう二本は余裕で入る」

「あ、んッ……」

いつの間にか増やされた指が、お腹の奥で蠢いているのが分かる。それがなんだか、とても卑猥に感じてまたドキドキしてくる。

――だめ、また気持ちよくなってきちゃう……!!

彼の指が私の気持ちいいところを探って動く。その度にお腹の奥がきゅんきゅん疼いて、喘ぎ声が止まらない。

「あっ……は……んっ、や、もろずみ、さ……」

「美雨の声、かわいいな」

こんな恥ずかしい声を可愛いと言われ、余計に顔が熱くなってくる。

でも私がこんな風になってしまうのは、相手が両角さんだからだ。

彼に触れられるところが、全て性感帯になったみたいに気持ちよくてたまらない。

さっきイッたばかりなのに、彼の指と愛撫によってどうしようもなく子宮が疼く。

このままではまた指だけでイッてしまう。

その時ふと、いっそのこと彼自身で突き上げてほしい、という思いが浮かぶ。

こんなことを自分が願うなんて相当恥ずかしい。でも、この欲望はもう抑えられなかった。

「あ、もう、指じゃなくて……」

思い余って本音を漏らすと、私の中で蠢いていた両角さんの指が止まった。

——全部言わせないで。分かって。

そんな気持ちで見つめたら、彼はちゃんとそれを汲み取ってくれた。

「……もう挿れてもいい？」

それに小さく頷くと、体を起こした両角さんがベッドから下り、クローゼットに向かう。

そこからおそらく避妊具らしきものを取り出した彼は、穿いていたパンツとボクサーショーツを脱ぎ捨てベッドに腰を下ろす。

「俺も、もう我慢の限界」

避妊具を装着した両角さんが再び私に覆い被さり、大きく勃ち上がった屹立を私の蜜口にぐっとあてがう。

「挿れるよ」

声には出さずに頷くと、彼がゆっくりと私の中に入ってきた。

「んっ、あっ……」

久しぶりの感覚と、下腹部を満たしていく圧倒的な存在感にぶるりと体が震える。

——お腹の奥が熱い……、それに、おっきい……

徐々に奥まで入ってくる熱塊に、私は浅い呼吸を繰り返す。

彼は最奥まで自身を入れた後、一度腰を引いてまたゆっくりと奥まで挿れる。次第に挿入がスムーズになってくると、彼はより速いスパンで私を突き上げてきた。

「はっ……あ！　ああっ!!」

お腹から全身に広がる気持ちよさに、我を忘れてよがってしまう。

――ああっ、だめ、気持ちよすぎて……吹っ飛びそう――！

顔の横のシーツを掴み背中を反らせていると、私に覆い被さってきた両角さんに指を絡めて握られる。

ぎゅ、と強く手を握られると下腹部がきゅんと疼いて、また中から蜜が溢れ出してくる。

「……っ、美雨っ……」

私を揺さぶる両角さんの表情は、きつく眉を寄せて苦しそうに見える。でも、そこはやはり王子様。そんな顔すら、見惚れるほど綺麗だった。

「……両角さ、んっ……」

奥を激しく突き上げながら、両角さんが私に口づけてくる。余裕のない性急なキスに必死で応える私に、唇を離した両角さんが切れ切れに呟く。

「……っ、やば、もっていかれる……」

腰を大きくグラインドして何度も奥を突かれる度に、私の口からは嬌声が上がった。

強い快感がお腹の奥に広がる。

「あ……はあ……んっ……！」

硬くて太い杭が、ピンポイントで私の気持ちいいところを穿つ。

息をつく暇もなく攻め立てられて、もう何も考えられなくなった。

──もろずみさん、もろずみさん……!!

玉のような汗を額に浮かべながら、両角さんが恍惚とした顔をする。

「……っ、やばいな……」

は、と息を吐き出し、両角さんは大きく腰を動かして屹立を膣壁に擦りつける。

奥を突き上げられるのとまた微妙に違う気持ちよさに、私は目を閉じて酔いしれる。

「んっ……そこも、いいっ……」

「……じゃあっ、ここは？」

両角さんがこれまでとは反対側の膣壁に自身を擦りつけながら、前後に出し入れを繰り返す。

「あっ！　んっ……いっ……」

恥ずかしさも忘れて、私は上半身を左右に捩らせ快感に悶えまくった。

さっきから気持ちいいことの連続で、また頭がぼんやりしてくる。

「もう、イッちゃい、そうっ……！」

　途切れ途切れになりながら訴えると、両角さんが私の上半身を抱き起こした。慌てて彼の首に腕を回し対面座位の格好になると、彼のモノがより深いところに当たる。

「あっ、これ、ふか……」

　さっきまでとはまた違うところを刺激されて、快楽がさらに強くなった。

「はあっ、あん！　あっ……」

　上下に激しく揺らされて、私は両角さんの首に回した腕に力を入れる。それにより彼の頭を胸に掻き抱く形になった。彼の顔に自分から乳房を押しつけてしまい、羞恥心（しゅうちしん）が湧き上がる。

「……っやだ、この体勢。は、はずかし……」

「そうかっ……最高だけどな、俺は」

　恥じらったのがいけなかったのか、両角さんは激しく私を突き上げながら、乳房を左右から集めて両手に収める。

　そして指でふにふにと感触を楽しみながら、中心にある蕾（つぼみ）を口に含み、優しく舌で転がす。

「アッ……あ、や、だめッ……」

　下半身の刺激だけでも相当なのに、ダメ押しするみたいに胸への刺激を上乗せされる。

　そのせいで一気に絶頂までの道を駆け上がってしまい、いつイッてもおかしくないいくらい快感が高まった。

「……やっ、も、だめ……イクッ……！」

目を瞑（つぶ）って彼の頭を強く抱くと、両角さんの動きが一段と速まった。

「……っ、いいよ。俺も一度、出したい」

そう言ってさっきよりも強く乳首を吸い上げられ、ピリピリとした刺激に奥からどっと蜜が溢（あふ）れる。同時に両角さんが激しく突き上げてきたので、絶頂はすぐにやってきた。

「あ、あっ……んんっ――ッ!!」

全身を緊張させた私は、すぐにぐったりと彼の肩に頭を預ける。

「くっ……」

すると間もなく彼も達したようで、ぶるりと身震いした後、私の中で爆（は）ぜた。

対面座位のまま、二人で肩で大きく息をして呼吸を整える。

お互いに顔を見合わせた私達は、どちらからともなく顔を近づけキスをした。

そして言葉もなく、ただぎゅっと抱き締め合う。幸福感で胸がいっぱいになった。

――あったかい。それに、すごく心地がいい。……なんだかずっと、このままでいたいような気になってくる……

まるで上質な布団に包まれているみたいな、最高に優しい感覚は、初めて知った。

両角さんの腕の中でうっとりと目を閉じた私は、その温もりに守られながらいつの間にか眠ってしまったのだった。

「……ん……？」

目が覚めてすぐ視界に入ってきたのは、見慣れない部屋。

そのことに驚いて、ガバッと勢いよく体を起こす。そしてすぐ、昨夜の出来事を思い出した。

「……あ、そうだ……」

両角さんにキスをされたことも、小路さんのバーでトラブッたことも、この部屋で彼に抱かれたことも、全部思い出した結果——居たたまれなくてもう一度布団を頭から被り直した。

——いろんなことが次から次へと起こった夜だったな……

昨日は思いが一気に溢れて、夢中で彼とそういう行為に及んだわけだが、一晩明けて頭が冷静になった今、昨夜のアレコレが非常に恥ずかしい。

——どうしよう……私……両角さんとして、しまった……

処女でもないのに今更何を恥じらって、と自分でも思うけれど、こういうこと自体がすごく久しぶりなのだ。しかも相手が両角さんとくれば、余計に恥ずかしくてたまらなくなる。

彼が私のことを好きだと言ってくれたのも、夢なんじゃないだろうか。

そう思わずにはいられないくらい、現実味がない。

そっと布団から顔を出し隣を見る。そこに両角さんの姿はなかった。

——それにしても、今は何時なのだろう……

何気なく部屋を見回すと、壁の時計は午前七時を指していた。

「あっ！　会社……」

慌てて起き上がろうとした私は、今日が土曜日だと思い出してがくりと脱力する。

「休みでよかった……」

久しぶりの行為で下半身に違和感ありありだし、なにより気持ちが昂ってて絶対仕事に集中できない。

——はー、起きるか。

もそもそとベッドから抜け出した私は、服を身につけ寝室から出る。

すぐにダイニングテーブルで新聞を読んでいる両角さんが目に飛びこんできた。

「あ、あの。おはようございます……」

「ん？　ああ。よく寝られた？」

私の声に反応した両角さんに、こくんと頷く。

「はい。っていうか私、いつ寝たのかも覚えてなくて……」

行為が終わった時のことは辛うじて覚えているが、その後の記憶がほぼない。ということは、そこで寝落ちしてしまったと考えるべきだろう。

「気づいたら寝息立ててた。まあ、いろいろあって疲れたんだろう」

両角さんがそう言って、読んでいた新聞を畳んでテーブルにポン、と置いた。

「いろいろって……」

そのいろいろにはセックスも含まれるのだと思ったら、一気に顔が熱くなってくる。

「腹減ったろ。スープ作ったんだけど、食べる？」

「食べます！　……って、両角さんが作ったんですか⁉」

「俺以外に誰が作るんだよ」

驚く私に苦笑しながら、両角さんがキッチンに移動し、野菜がたっぷり入ったスープをカウンター越しに渡してくれる。

「ありがとうございます、いただきます」

「どうぞ」

人参にブロッコリーに、玉葱にセロリ……、たくさんの野菜が入ったコンソメ味のスープ。

両角さんの作ってくれたスープということもあって、格別美味(おい)しく感じる。

——はー、温かさが体に沁みる。

「美味しい……柔らかく煮込んだお野菜も甘くって、すごく美味しいです」

食べながら自然と顔が緩んでしまう。

コーヒーを手にキッチンから戻ってきた両角さんは、私の向かいに腰を下ろし、優しく微笑んでくれる。

「それはよかった」

両角さんは食べず、私が食べているのを見ながらコーヒーを飲んでいた。

「両角さん、本当にお料理するんですね」

「まあ……レパートリーは少ないが、簡単なものならな」

褒められたのが嬉しかったのか、両角さんがはにかむ。

その姿に、じーん、と幸せを噛みしめていると、私を見ていた両角さんが口を開く。

「……聞いていいかな」

「はい？　なんでしょう」

「昨日言ったことだけど」

そう言って、両角さんがどこか緊張した様子で私を見つめる。

なんのことか私が思い出すより先に、彼が口を開いた。

「昨夜は、君の返事を聞く前にああなってしまった。順番が逆になってしまったことについては申し訳なかったと思ってる」

昨夜の光景がフラッシュバックして、私は思わず両角さんから目を逸らした。

「……っそ、そんな……いいんです、あれは、私も……」

求められるまま彼を受け入れたのは私だ。彼が謝るようなことはまったくない。

なんとも言えない空気の中、両角さんは長い前髪を掻き上げ、何かを吹っ切るように言った。

「本当の俺は、はっきり言って全然王子なんてキャラじゃない。口も悪いし、カッとしやすいところもある。だけど、昨日言った君への気持ちに嘘はない」

「両角さん……」

どう返事したらいいのか、頭の中がまっ白で上手く働いてくれない。

「それと……恋人役の件だけど、あの約束は破棄してほしい。その代わり、結婚前提で本当の恋人になってくれないか」

――結婚！

これまでの人生でまったく縁のなかった言葉を、まさか両角さんの口から聞くことになるなんて。

あまりの衝撃的な出来事に口をパクパクさせ、必死で言葉を探す。

そんな私を見た両角さんが、苦笑を浮かべた。

「……都合がよすぎるよな、こんな男で幻滅した？」

「いえ！　そんな……そうではなく……」

両角さんの態度に困っているわけではない。私は、自分の気持ちをどう説明したらいいか悩んでいるのだ。

──私の本当の気持ちは……

私は、目の前に座る両角さんをじっと見つめた。

彼とは出会いからして衝撃的だったし、恋人役を頼まれた時にはどうしようかと思ったけど……両角さんは、どんな時も私に親切だったし紳士的だった。

昨日だって、ずっと隠し通してきた素の自分がバレそうになってまで私を守ろうとしてくれた。

そんな両角さんに気持ちを伝えられ、心が動かないはずがないのだ。

昨夜のことも、私に後悔などまったくない。

むしろ、彼に対する気持ちはさらに大きくなっていて──

つまり私にとって両角さんは、最高にかっこいい、世界でたった一人の王子様だということだ。

「私、王子様じゃない両角さん、好きですよ……？」

私の呟きに、両角さんがハッとした顔をする。

「どんな両角さんも、私にとっては素敵な王子様に変わりないですから。……私も、両角さんのことが好きです」

　意を決して思いを告げたら、両角さんの綺麗な目が、見たことないくらい大きく見開かれた。

「本当に？」

「はい」

　彼を見たまま小さく頷くと、両角さんが顔を手で覆ったまま、天を仰いだ。と思ったら、すぐに立ち上がって、私をぎゅっと強く抱き締めてきた。

「……ありがとう。大事にするから……」

「……はい。よろしくお願いします」

　私も両角さんに負けないくらい、強く彼を抱き締める。

　夢みたいな現実が、なかなか受け入れられない。

　だけど、今の私にただ一つ言えることは、幸せだということ。

　こうして私達は、本当の恋人同士になったのだった。

九

それから数日後。

いつも通り出勤し、自分の席で書類をチェックしている最中、私の手がピタリと止まる。

人事部では個人情報保護法の関係で、社員に直接手渡さなくてはいけない書類も多く扱う。その書類の宛先の中にどこかで聞いたことのある名前を見つけた。

――宣伝部、荒井さん……って、この前私にカクテルぶっかけた人達のうちの一人じゃない……？

あの時、駆けつけた両角さんが呼んだ名前にあったのを思い出す。

――うーん、会社であんな目に遭うことはないだろうけど……

私が訪ねていったら絶対いい顔はしないだろうな。

ため息をつきつつ席を立った。

「配布物配ってきます」

げんなりしながら部署を出て、宣伝部のあるフロアまで移動する。部署に足を踏み入れ、荒井さんを呼び出してもらったら、まさかのカクテルをぶっかけた本人だったので内心「げっ」と思った。

当然向こうも、同じような顔をしていたが。

「……お疲れ様です。人事部の浅香です。こちらが、荒井さん宛ての書類です……」

「……どうもありがとう」

向こうも気まずいのか、ちらちらと私の顔を窺いながら書類を受け取る。

「必要事項を記入して期日までに人事部へ提出してください。では、私はこれで」

私は早口で内容を伝えて、一刻も早くこの場から立ち去ろうとした。

しかし、何故か荒井さんにがしっと腕を掴まれる。

「え？」

――な、なんで？　まだ私に何か言いたいことでもあるの……？

戦々恐々と振り返る私に、荒井さんが気まずそうに口を開く。

「今日のお昼休みに、少し時間をもらえないかしら」

彼女の表情や声のトーンからして、私に文句があるというわけではなさそうだ。

「は、はあ……」

何を言われるのかがちょっと怖いけど、まあ、いいか……

昼食を一緒にとる約束をしていた山口さんには断りを入れ、私と荒井さんは会社近くにある老舗の喫茶店に移動する。

二人がけの席に向かい合わせで座り、お互いにサンドイッチとコーヒーを注文した。

注文を待つ間、私達は同時に水で喉を潤す。

何を言われるのか分からず不安な気持ちで黙っていると、いきなり荒井さんが頭を下げてきた。

「……この間は、酷いことしてごめんなさい」

「え」

まさか謝られるとは思ってなかったので、呆気にとられてしまう。

「頭に血が上ってしまって、思わずあんなことを……あの後すぐに後悔して、あなたに謝らなくちゃってずっと思ってたの……本当にごめんなさい」

気まずそうに私に視線を送りながら、荒井さんが頭を垂れる。

私としてはあの夜のことはまったく気にしていないので、そんなに謝られたら困ってしまう。

「あの、私、全然気にしていないので。大丈夫ですから」

「でも……」

「本当です。だからもう気にしないでください」

謝ってくれたし、いつまでも根に持つことはしたくない。

「……ありがとう……それと、両角さんのことも、悪く言ってごめんなさい」

目の前にある水を一口飲んでから、荒井さんは少しだけ肩の力を抜いてポツポツ喋り始めた。

「あの時、両角さんが私達の名前を呼んだでしょう？　二、三度顔を合わせた程度の社員の名前まで覚えてくれてたんだって思ったら、一気に罪悪感が押し寄せてきたの……」

――そういえば両角さん、あの時すぐ三人の名前を口にしてた。私も驚いたけど、いきなり名を呼ばれた荒井さん達の方がよっぽど驚いたに違いない。

「はー、よかった。……ホッとしたら、なんかお腹空いちゃった」

そう言って荒井さんはニコッと微笑む。

「そんなに気にしてたんですか？　あの時はめちゃくちゃおっかなかったのに」

「もう、その話はやめてよ……」

荒井さんが困ったように顔を歪めるので、思わず笑ってしまった。

それから私達は運ばれてきたサンドイッチを食べながら話をした。内容は、ほとんどが両角さんのことだったけど。

たとえば、荒井さんが知る両角さんへの告白情報とか。

誰が両角さんに告白して玉砕したか、他社では誰が告白したか……などなど、私が知らない両角さん情報をたくさん教えてもらった。

「だから！　これだけたくさんの女性を振ってきた両角さんに選ばれたんだから、浅香さんはもっと胸張っていいのよ！」

「……ありがとうございます……」

話をしているうちに、荒井さんがどんどんヒートアップしてくるので、こっちは気が気じゃない。

――最初のしおらしい雰囲気はどこへ……!?

まあ、これが本来の荒井さんなんだろうけど……

彼女の話はけっこう興味深くふむふむと聞いていたら、いきなり荒井さんが「あ！」と声を上げた。

「そうだ！　つい最近の話なんだけど、宣伝部の上司の結婚式があって、両角さんも披(ひ)露宴(ろうえん)に出席していたの。その時、どこかの社長令嬢だかが同席してて、両角さんのこと格好いいって騒いでたのよ」

「……まあ、それは……」

彼が格好いいと騒がれるのは、もはや日常。あまり気にならない。

「確かに珍しいことじゃないかもしれないけど……ちょっとヤバめだったのよねその女……披露宴(ひろうえん)の帰りも、かなりしつこく両角さんに迫ってたし」

「えっ!?　そうなんですか!?」

基本的に両角さんは、自分に近づいてくる女性のことについて何も語らない。

だけど、それが気にならないわけではないのだ。

ついつい眉を寄せていた私に、荒井さんが身を乗り出してくる。

「両角さんのこと、他の女に取られないように、しっかり捕まえておいてよ！　私、あんなキャピキャピした女に両角さんを持っていかれるのいやだからね！」

「そ、そう言われましても……」

でももし、家柄のいいお嬢様がライバルになったら、私はどうすればいいんだろう？

ふと頭に浮かんだ疑問は、荒井さんとの食事を終えて会社に戻ってからも、ずっと私の頭から離れなかった。

そして数日後。その不安は現実のものとなったのである。


「え？　会食……？」

仕事を終えた私は、両角さんにお勧めの和食処（どころ）へ連れてきてもらっていた。

「ああ。父の還暦（かんれき）記念パーティーで話しかけてきた佐伯工業の社長、覚えてるか。あの人の娘が、どうしても俺と食事がしたいって言ってきかないらしくて。もちろん俺がその娘と食事する理由なんてないから断ったんだけど、しつこく食い下がってくるから、もういい加減直接会って断った方が早いような気がして」

「……ふ、二人きりで会うんですか？」

先日、荒井さんに聞いた話もあって、思わず尋ねてしまう。すると両角さんがニヤリ、と口の端を上げた。

「何、心配なの？　やきもち？」

どこか嬉しそうな両角さんに、私の顔が羞恥で熱くなってくる。

「ちがっ……やきもちとかそんなんじゃなくって！　直接会ったりして、強引に縁談とか勧められたら両角さんが困ると思ってっ!!」

必死に説明をする私に、両角さんが微笑んで大丈夫だと笑う。

「相手にははっきり婚約者がいると伝えて、二人で会うのは無理だと断りを入れてある。社長も同席するという約束で会食を了承したんだ。そうでなきゃ行かないさ」

「……分かりました。でも、本当に気をつけてくださいね？」

「分かってるよ。美雨は心配性だな」

あまり大事と捉えていない両角さんに、私の気にしすぎだろうと思っていた。

だけど、その会食の当日。

両角さんの帰りに合わせて彼のマンションに行くと、珍しく疲れた顔をしている両角さんがいた。

「ど、どうしたんです？　すごく疲れてません!?」

「あー、美雨……会いたかった……疲れた」

到着するなり、両角さんにぎゅっと強く抱き締められた。

ひとまずリビングに移動し、お茶を煎れながら何があったのか聞く。両角さんはげんなりした顔でジャケットを脱いで、ネクタイを緩めた。

「約束の店に行ったら、まさかの社長令嬢と二人きりだったんだ」

それを聞いて、ギョッとする。

「えっ……!?　なんですかそれ、騙されたってことですか!?」

「そうは思いたくないが、店に着いた直後、社長からどうしても抜けられない用事ができたと電話が入ったからな、さすがに怪しいだろう」

私が煎れたお茶を啜りながら、両角さんがため息をつく。

「そ、それで？　相手はどんな感じだったんですか？」

その途端、両角さんが盛大に顔をしかめた。

「……最悪だった。俺ははっきり婚約者がいるから、個人的な誘いはこれっきりにしてほしいと言ったのに、あの女、別れ際にまたお食事しましょうねとか言いやがった。こっちの話が全然通じねえ、結構厄介なタイプだぞ、あれ」

「ええ……」

「俺はもう二度と会う気はない。あとは向こうが、諦めてくれることを願うしかないな」

「そうですね……」

お茶を啜りながら、微かな不安を感じる。

両角さんは婚約者がいるからもう会わないと伝えたわけだけど……それで本当に相手は諦めてくれるだろうか。

彼の話を聞く限り、一筋縄ではいかなそうな気がするのだけど。

そして、その不安は見事に的中することになるのだった。


その日も、両角さんと一緒に帰る約束をしていた私は、エントランスで彼を待っていた。

ほぼ定位置となったガラス窓の辺りでぼんやり外を眺めていると、会社の前に黒塗りの高級車が横付けされ、一人の女性が降りてきた。

幼い顔立ちにしっかりしたメイクを施し、茶色くカラーリングした長い巻き髪がふわふわと風にそよぐ。手には誰もが知る高級ブランドの、リップしか入らなそうな小さなバッグ。

足元は凶器にもなり得るピンヒール。

その女性は、見るからにお嬢様といった出で立ちをしていた。

――なんじゃあれ……見事に絵に描いたようなお嬢様じゃん……

あんまり遭遇しない珍しい人種につい目が釘付けになる。

あんなお嬢様が、うちの会社に何の用があるのだろう。なんとなく気にかかり、目で追っているとエントランスから中に入ってきた女性が、ある一点を見つめぱっと微笑んだ。

無意識に彼女の視線の先を追うと、そこにはこちらに向かって歩いてくる両角さんがいた。

――えっ、両角さん⁉　と、いうことは、まさか……

私は両角さんとその女性を交互に見て戸惑う。その間にも、両角さんは女性の視線をものともせずに、いつもの王子様スマイルで私のところまでやって来た。

「美雨、待たせてごめん。帰ろうか」

「あ……あの、両角さん……」

女性の存在を彼に伝えようとした時、「両角さあ～ん‼」と彼の名を呼ぶ甘ったるい女性の声がエントランスに響く。

その声の主を見た両角さんの王子様スマイルが、一瞬だけ崩れたのを私は見逃さなかった。

「佐伯さん」

彼が口にした名前を聞き、私はいろいろなことを察した。

あれが先日両角さんが会食をしたという、お嬢様であること、それとこちらの話が通じない厄介な相手だということも。

「両角さぁん!!　会いに来ちゃいました〜!!」

両角さんの側までやって来た女性が、嬉しそうに彼のスーツの袖を掴む。それを見た瞬間、胸の奥がキリッと痛んだ。

「佐伯さん、こんなところまで来られては困ります。社長はこのことをご存じなのですか？」

両角さんが、袖を掴んでいた彼女の手をさりげなく離す。手を離されたことに少々不満げな顔をした女性は、口を尖らせ両角さんを見上げた。

「父は知りません。私が来たくて来たんです！　両角さんに会いたかったから」

そう言ってその女性は、両角さんに熱い視線を送る。

この少ないやりとりだけで、この女性が相当厄介だということがはっきり分かった。

「……先日も申し上げましたが、私には婚約者がいます。こういうことはやめていただきたい」

王子様キャラにしては強めの口調で、両角さんがきっぱり彼女を拒絶する。

強い口調に一瞬怯んだ女性は、「婚約者……」と呟いて近くにいた私の顔を見た。

「……もしかして、両角さんの婚約者ってこの人？」

「そうです。彼女が私の婚約者の浅香美雨さんです」

両角さんに紹介されて、私は慌てて頭を下げた。

「浅香美雨です。はじめまして……」

彼女はしばらく真顔で私の顔を見つめてから、ニコッと微笑んだ。

「はじめまして。私、佐伯百合花と申します。それで……浅香さん？　と仰ったかしら、あなたはどちらの社長令嬢なの？」

「はい？」

咄嗟に言われたことが理解できなくて、真顔で聞き返した。

「両角さんの婚約者なら、当然大きな企業の社長令嬢か、名家のお生まれなんでしょう？　どこなの？　私が納得できるお家柄なのか教えていただきたいの」

まったく悪びれることなく平然と言い放った内容に、私は目をぱちくりさせる。

「は……」

――これって、真面目に聞いてるんだよね？　ってことは、ちゃんと答えなきゃいけないんだろうけど……どう答えたら……

ぐるぐる悩んでいると、私より先に両角さんが口を開いた。

「佐伯さん、いい加減にしていただけませんか」

静かに、キャラが取れかかっている彼に気づき、ハッとする。

しかも私達の状況に気づいた周囲の人達が、遠巻きにこっちを見ていた。

――ヤバい、注目されてる！

「も、両角さん。あの……」

なだめようとしたら、彼はそれを手で制止した。

「彼女と婚約したのは、彼女のことを愛しているからです。家柄は関係ありません」

きっぱりこう言い切った両角さんに、状況を忘れてきゅんとしてしまう。

しかし佐伯さんは、信じられないという顔をした。

「じゃあ、何？　あなた、もしかして庶民なの？」

「佐伯さん！」

声を荒らげる両角さんにハラハラしつつ、私は小さく頷いた。

「……ええ、まあ」

すると、ずっと真顔だった佐伯さんの顔にぱっと笑みが戻る。

「なあんだ、そうなのね。じゃあ私、諦めなくてもいいんじゃない！」

パチン！　と手を合わせ、嬉しそうな声を上げた佐伯さんに、私と両角さんの顔が引き攣る。

「だってそうでしょう？　両角さんはこちらの会社の次期社長となる方ですよ？　その

相手は将来社長夫人になるのだもの、やっぱりそれなりの品格が必要だと思いません？」

勝ち誇った顔で私を見ながら、佐伯さんが高らかに言った。

「誰がどう見たって私の方が両角さんの結婚相手に相応しいわ！　かわいそうだけれど、浅香さんには彼のことを諦めてもらうしかないですね～？」

ね？　と首を傾げながら私に微笑みかける佐伯さんに、こっちは呆気にとられて声も出ない。

「……ふざけるな……」

低く呟かれた声にハッとして、隣の両角さんを見上げる。

いつものキラキラした笑顔がすっかり消え去り、恐ろしいくらいの無表情になっている。

私は慌てて両角さんの腕を引いた。

――ヤバいヤバい！　素になってる!!　というかキレてるーー！

「両角さん!!　顔、顔!!」

小声で忠告すると、両角さんは表情を強張らせ、口惜しそうに唇を噛む。

「……この件については、私から佐伯社長に連絡させていただきます。今日のところはお引き取りください」

両角さんが感情を押し殺した抑揚のない声で言うと、佐伯さんがむう、と口を尖らせる。

「せっかく来たのに……」

「……お帰りください」

ごねる佐伯さんに、両角さんが表情を変えずに言うと、彼女はしょんぼりしながらも、「はあい」と返事をした。

「じゃあ、また来まーす！」

ピンヒールをカツカツ鳴らしながら、彼女が来た道を帰っていく。それを見つめながら、私と両角さんは、ほぼ同時に「ハア～」と大きくため息をついた。

「くそっ、なんなんだ、あの女……」

「両角さん、素が出てるっ……！」

今日のところは帰ってくれたけど、彼女は両角さんを諦めたわけではない。しかも両角さんがあそこまではっきりと宣言しているのに、私を婚約者として認めてはくれなかった。

やっぱり、両角さんと同じような立場の人から見れば、私みたいなただの平社員が御曹司と婚約なんて、ありえないことなのだろうか。

――私は、両角さんにとって相応しくない……？

そう思ったら、胸がぎゅっと掴まれたように苦しくなる。

黙り込んだ私の手を引き、両角さんが歩き出す。

「とりあえず場所を変えよう。ここじゃ人の目がありすぎる」

さっきまでの騒ぎで、周囲からかなり注目を浴びていた。その視線から逃げるように、私達はそそくさとこの場を離れる。

両角さんの車に乗り、ゆっくりと話ができそうな個室のある和食処にやって来た。

海鮮がお勧めだと店員さんに聞き、海鮮丼を注文した。

お酒も勧められたけど、なんとなく飲みたい気分ではなかったので今日は遠慮した。

「さっきは悪かったな。俺のせいで、いやな思いをさせた」

湯呑みに入ったお茶を飲みながら、両角さんが頭を下げる。

「大丈夫です……ただ、なんかすごく押しの強そうな人でしたけど……」

「この間もあんな感じだったから、いやな予感はしてたんだが。案の定といったところか」

「あの様子だと、諦める気はなさそうですけど……」

どちらかというと両角さんより、私の方がこの状況に困惑している。

「俺の気持ちは最初から決まってる。彼女が何を言っても、断り続けるだけだ」

はっきりと断言する両角さんに心強さを感じるものの、私の中の不安な気持ちは完全に消えてくれない。

「納得してくれますかね……」

「納得してもらわなきゃ困る。俺は誰に何を言われようが、美雨と婚約を解消する気はない」

真剣な顔で私を見つめてくる両角さんに、改めてプロポーズされているような気になってしまい、体が熱くなってきた。

「……はい……」

これ以上は、私が考えても仕方がない。そう割り切る。

それから私達は美味しい海鮮丼を食べて、いつものように何気ない話をしながら楽しい時間を過ごした。

だけど私の胸の中には、彼女の言った『私の方が結婚相手に相応しい』という言葉と、『諦めない』という言葉が残り、ずっと消えてくれなかった。


それから数日後。

私が山口さんと屋上へランチに行く準備をしている時だった。

お昼休みで人もまばらな人事部に、荒井さんが駆け込んできたのだ。

「ちょっと浅香さん!!」

「え、荒井さん？　どうしました、何か急用ですか？」

てっきり仕事のことで訪ねて来たのだとばかり思っていたら、そうではなかったらしい。

「あなたと両角さん、一体どうなってるわけ？」

こそっと真剣な顔で問われて、こっちも思わず真顔になる。

「どうって……特に何も変化はありませんけど……」

それを聞いた彼女は解せない、と言いたそうに表情を歪めた。

「じゃあ、昨日の帰り、エントランスで両角さんにベタベタくっついてた女は？　あれって私が上司の披露宴で見た女なんだけど！　なんであの人がうちの会社にいるのよ。あの人確かどこかの社長令嬢でしょ？」

——えっ、昨日の帰り？

「ちょっ、なんですか、それ！」

「こっちが聞きたいわよ。ものすごく親しげに両角さんの腕にしがみついてたわよ。……まあ、両角さんはかなり迷惑そうにしてたけど」

数日前に来たばかりなのに、あの人は、また会社に押しかけて来たの!?

「……思い当たる人がいます……けど、ちょっとここでは……」

昼休みに入り人は少なくなっているものの、どこで誰が聞いているか分からない。

というわけで、急遽荒井さんも屋上に誘い、山口さんと三人でランチをすることになった。

荒井さんが見た両角さんに絡んでいた女性とは、間違いなく佐伯さんだろう。

お弁当を食べながら、この前のエントランスでのことを話したら、二人ともはっきりと眉根を寄せた。

「ええぇ、じゃあその人、婚約者がいるって言ってるのに全然諦める気がないってこと？　意味分かんないわ」

眉をひそめる荒井さんに、山口さんも同意する。

「ほんと理解できない……それって、よっぽど自分に自信があるってこと？」

——あるだろうなー、私が庶民と知った瞬間の、あの勝ち誇った顔……

それを思い出して、げんなりする。

「両角さんは、なんて言ってるの？」

山口さんがお弁当の肉団子を口に入れて、私に尋ねる。私は、箸で挟んだ玉子焼きを一旦置いて、彼女に向き直る。

「何を言われても自分の気持ちは変わらない、心配いらないって。でも、佐伯さんは私のことなんか全然眼中にないので、これからも平気で押しかけてくるかも……」

それを聞いた荒井さんが、割り込んできた。

「なんで眼中にないのよ？　あなた婚約者じゃない！」

「それが、自分より家柄がいい方じゃないと、両角さんの婚約者として認めないんだそうです。なので、私のような庶民は端からお呼びじゃないと……」

自分で言っててだんだん空しくなり、がっくりと肩を落とす。

しかしそこで、私の代わりに、荒井さんがキレた。

「ハア!?　一体いつの時代の話？　今時結婚するのにそんなこと言う人、聞いたことないわよ！」

荒ぶる荒井さんを、山口さんがどうどうとなだめる。

「これぱっかりは人それぞれだからねー。でも、その人かなりズレてるっていうか、若いのに変わった人ね〜。よっぽど親に家柄が一番とか言われて育ったのかしら」

「だからって、やってることは非常識よ。やめてくれって言ってる両角さんに一方的に話しかけたり、無理矢理腕組もうとしたり。いくら家柄がよくてもあれはないわ」

荒井さんが、鼻息も荒く佐伯さんへの怒りを爆発させる。

「ちょっと、あんなのに好き勝手やらせてていいの？　もっと強く迷惑だって言わないと通じないいんじゃない？」

荒井さんの提案に、私は緩く首を横に振った。

「言ってはいるんですけど……相手がうちの社長と交流のある会社の社長令嬢ということもあって、そこまで強くは言えないらしくて」

これまでせっかく猫を被ってまで温厚な御曹司を演じてきたのに、下手なことやって印象が悪くなったら、今までの苦労が水の泡だ。

「いっそのこと、その娘の父親に言って、やめさせてもらったら？」

山口さんのもっともな意見に、私はガックリと肩を落とした。

「どうやら、父親も娘を後押ししてるっぽくて……」

そうなのだ、実は最初に押しかけられた翌日、両角さんは佐伯社長へやんわりと抗議の電話をしたらしい。だが、のらりくらりとかわされてしまったのだとか。

それを考えると、会食の時点ですでにこうなるように仕組まれていたのかもしれない。

結局、具体的な対抗策は出てこず、両角さんを信用して全部お任せするしかない、という結論に至った。

しかしこの数日後、社内に両角さんに関するある噂が立ち始める。

「なんか両角さん、取引先の社長令嬢と結婚するって話らしいんだけど」

「えー、だったら浅香さんとのことはどうなのよ。あの二人別れたの？」

「さあ……あ、もしかして王子様二股かけてるとか？」

「私、三角関係で揉めてるって聞いたけど」

——え⁉　なんだって⁉

トイレの個室に入っていたら突然そんな噂話が聞こえてきたから、急いで身支度を整え個室から出る。

「その話、もっと詳しく聞かせてくれませんか！」

いきなり噂していた渦中の一人が現れたことで、話していた女性三人がビクッと体を震わせフリーズした。

「驚かせてしまってすみません。今の噂について、詳しく教えてください」

最初はお互いに顔を見合わせていた女性達だけど、その中の一人が言いにくそうに口を開いた。

「私は、部署の同僚から聞いたの。このところ夕方から夜にかけて、会社の前で両角さんを待ってる女がいて、その人が同僚に両角さんはまだかって尋ねてきたらしいの。誰だか分かんないから、どなたですかって聞いたら、『両角さんの婚約者です』って名乗ったって……」

その話を聞いた途端、目の前が真っ暗になる。

――佐伯さん、暴走してる……

「で、本当のところどうなの？　両角さんと付き合ってるのは浅香さんよね？」

三人のうちの一人に詰め寄られて、ぶんぶんと首を縦に振った。

「も、もちろんです！　別れてません！」

「じゃあ、その女の人が勝手に婚約者って名乗ってるってこと？　それってヤバくなない。

い？　ストーカー？」

詰め寄ってきた女性の表情が不安げに変わる。

確かに今の会話だと、両角さんがストーカーにつきまとわれているようにしか聞こえない。

かといって、取引先の社長令嬢をストーカーとして社内に周知させるわけにもいかず、私は笑ってその場を濁（にご）した。

「一応、相手がどういった方かは把握してるので、大丈夫です……」

「そうなの？　でもこの話、結構社内に広まってきてるよ。早くその女どうにかしないと、両角さんの評判が悪くならない？」

「だよね。噂だけ聞いてたら、浅香さんがいるのに浮気してるようにも聞こえるし……」

神妙な顔で両角さんのことを心配してくれる女性達。

「はい……情報ありがとうございました」

彼女達にお礼を言って、自分の部署に戻った私は、両角さんに至急話したいことがあるとメールを送った。用件だけの短いメールに何かを察したのか、返事はすぐにきた。

【仕事片付けてなるべく早く行くようにするから、あのバーで待ってて】

今日は会う約束をしていなかったので、忙しい両角さんに申し訳ない気持ちになる。

だけど、彼のイメージに関わることだ、仕方がない。

私も早く上がれるように仕事を片付け、なんとか定時までに今日のノルマを終えた。

両角さんからの連絡はまだないので、私は一足先に小路さんのバーへと向かう。

エントランスに出て、佐伯さんがいないか周囲をチェック。

――よかった、今日は来てないみたい。

バーに到着して中に入ると、どうやらお客は私だけのようだった。

両角さんが後から来ますと伝えると、小路さんがサービスだと言って冷たい麦茶を出してくれた。

それをありがたく頂戴（ちょうだい）して、喉を潤（うるお）す。

「なんだか今日は、表情が暗いですね」

言われてつい自分の顔に手を当てる。

「そ、そうですか？」

「何かありました？」

小路さんが優しい顔で尋ねてくる。

「何か……は、ありましたね。両角さんがモテすぎることが原因なんですけど……」

はあー、とため息をつくと、小路さんも困ったように肩を竦（すく）める。

「それはそれは……浅香さんも苦労が絶（た）えませんね。でも、そういう人とお付き合いしてしまったのだから仕方ありません」

サラリと言われてつい頷いてしまったが、すぐに、あれ？　っと思う。

「……私、小路さんに言いましたっけ？」

首を傾げる私に、小路さんがクスリと笑った。

「直接は聞いてませんけど、お二人を見てたら時間の問題だな、と思ったんで。特に、両角さんの方がね」

「え？　それって……」

どういう意味ですか？　と聞こうとしたら、店のドアが勢いよく開いた。

パッと反射的にそちらを見れば、入ってきたのは両角さんだった。

「美雨早いな、部署に行ったらもう帰ったって言われて、すっとんできた」

汗を拭いながら、両角さんがカウンター席の私の隣に腰掛ける。それを見計らって、小路さんが両角さんの前のテーブルに麦茶を置いた。

お礼を言って、それをあっという間に半分ほど飲んだ両角さんが私に向き直る。

「……で、至急話したいことって、なんだ？」

「それが……今日、会社で聞いてしまったんですけど、今両角さんと佐伯さんのことが噂になってて……」

「ああ。それ俺も聞いた。俺が二股かけてるってやつだろ」

彼が知っていたことに驚いて、目を丸くする。

「知ってたんですか！」

「ああ、噂になっていると大貫が教えてくれたんだ。事実じゃないにしても、いい気はしないな」

麦茶を飲んでふう、と一息つく両角さんに、思わず食ってかかる。

「何をのんきなこと言ってるんですか。このままじゃ、両角さんが悪く思われるんですよ！　せっかくここまでイメージを作ってきたのに、台無しじゃないですか！」

「台無しって……大丈夫だ、そんなことにはならない。それに、佐伯社長の娘については少し思うところがあってね。現在、調査中なんだ」

調査中と聞いて、両角さんがすでに彼女への対処に動いているのだと知る。

ほっとした反面、消えない不安が顔を出す。

「でもその間に、また佐伯さんが会社に押しかけてきて、婚約者って名乗るかも……」

それを想像して、胸が苦しくなった。

「どうしたんだ？　俺より美雨の方が、彼女の存在を気にしてないか？　そんなに気にしなくても大丈夫だ、何も心配する必要はないと言ったろう？」

両角さんが優しい口調で、私を諭す。

「心配するなって……そんなの……」

――そんなの、無理です。

そもそも婚約者が私でなければ、きっと佐伯さんもここまで粘らなかったと思う。相手が私だから、彼女は当然のように自分の方が婚約者に相応しいと考えたのだ。

それはつまり、傍から見て私は両角さんの婚約者として力不足ということではないか。

佐伯さんの登場で、ずっと不安に思ってきたことを、まざまざと突きつけられることになった。

今回の件は、宣言通りきっと両角さんがどうにかするだろう。

だけど、今後も同じことがないとは言えない。

――私が婚約者でいると、両角さんに余計な苦労をさせる。

そう思ったら、私が彼のためにすべきことがおのずと見えてくる。

「……美雨？」

黙り込んでいる私の顔を、両角さんが覗き込んでくる。

「私、ずっと考えていたんですけど」

「何を」

両角さんが、優しい顔で私を見る。

「……家柄のいい、名家の女性が婚約者だったらきっとスムーズだったと思うんです。佐伯さんみたいな、人の話を聞かないタイプの人も、諦めて自分から身を退くような。そんな女性が婚約者だったら」

「何を言ってるんだ？　そんなの必要ないだろう。俺には君がいるんだから」

冗談と思って苦笑する両角さんに、私は首を横に振る。

「今ならまだ間に合うと思います」

胸の痛みを堪えて、彼の目を見ながらはっきり言う。直後、両角さんの顔色が変わった。

「本気で言ってるのか？」

声のトーンを落とした両角さんに、胸がぎゅっと掴まれたように苦しくなった。

「だって、そうでもしないと……」

「そうでもしないと、なんだって言うんだ。……俺が、本気で好きで、結婚を考えているのは君なんだぞ。それ以外の女なんて、たとえフェイクでも必要ない」

「でも、私を婚約者だと紹介して結構経つのに、両角さんに言い寄ってくる女性は減らないじゃないですか。そもそも、そういうことがなくなるように引き受けた話なのに、これじゃあ……私は何のためにいるのか……」

今の気持ちをどう言葉にしていいか分からなかった。

両角さんの側にいたいのに、なんの力にもなれない。それどころか、足を引っ張りかねない自分の現状がほとほといやになる。

唇を噛んで下を向いた私に、両角さんの声が飛んできた。

「何のためにって、そんなの決まってるだろ！　好きだから一緒にいるんだよ。それ以外に何があるっていうんだ」

「でも……」

「じゃあ美雨は、俺が名家の女性と婚約すれば、それで幸せなのか？」

痛いところを突かれ、言葉に詰まる。

彼が他の女性と婚約だなんて、想像するだけで胸が苦しくなる。

だけど私が側にいても、両角さんの役には立てない。

「はい……それで、両角さんの苦労が減るなら……」

私の言葉に、両角さんが呆然と目を見開く。だけどすぐに、表情に強い苛立ちを浮かべた。

「俺の苦労が減るなら喜んで身を退くって？　ふざけんな。俺の気持ちを知ってて、よくそんなことが言えるな。俺は苦労したって構わないんだよ！　美雨が側にいてくれるなら、周囲に何を言われたって、痛くも痒くもないんだよ」

怒気を孕んで投げつけられた両角さんの言葉に、私の背中がひやりとする。

これまで私に対して、彼がこんなにも怒りを露わにしたことなどない。

でも、彼のことが好きだからこそ、私も引き下がれなかった。

「……私だって両角さんのことが好きです。でも結婚となると話は違います。私には……もう、無理なんです……」

　場がシーンと静まり返る。

　両角さんは額(ひたい)に手を当て、大きく息を吐き出した。

「もういい」

　カウンターにバン！　と手を叩きつけた音で、体がビクッとなる。

「君の『好き』がそんな程度だったとは、残念だ」

　残念と言うよりもどこか悔しそうな両角さんの呟きが聞こえて、ハッとする。

　彼は一度も私の方を見ることなく、店を出て行ってしまった。

「あ……」

　バタン。というドアの音が、やけに大きく店内に響き渡る。

　視線をドアから小路さんへ移すと、彼も両角さんが出て行ったドアを見つめていた。

「……もう……」

　一気に緊張感から解放されたのと、自分が彼を怒らせてしまったという自責から、思わずカウンターに突っ伏す。

　どれくらいそうしていたのか。私の頭の横でコトンという音が聞こえて顔を上げる。

　そこには、並々と注(つ)がれた冷酒杯が置かれていた。

「お勧めの日本酒です。一杯サービスしますんで、よかったら」

「小路さん……ありがとうございます……」

スッキリした後味の辛口のお酒が体に染み渡る。

すごく美味しい。美味しいのに、私はその美味しさに浸ることができなかった。

こんなことは初めてで、驚いてしまう。

「浅香さん、さっきのあれは、本心じゃないですよね？」

お兄さん……いや、お母さんのような優しい眼差しに、一気に気が緩んで泣きたくなった。

「だって……他にどうすればよかったんですか？　私、もうあれしか思いつかなくて……」

「好きな女性に、自分ではダメだから他の女性を作れなんて言われたら、泣きたいのは両角さんの方だったと思いますよ」

「でも、私じゃ周囲に婚約者だと認めてもらえないんです。それじゃ、いつまで経っても両角さんの苦労は減らないし、そんな私なんていてもいなくても同じだって……」

ハアー、と項垂れる。

小路さんは私の愚痴を聞いて、はたしてそうでしょうか、と静かに口を開く。

「少なからず、浅香さんは彼に必要とされていますよ。彼にとって、本音で話せる貴重な女性はあなただけじゃないですか。現に、あんなに怒りを露わにした両角さんを見たのは初めてです」

そう言って、小路さんは優しく諭すように言った。

「それだけ気を許している浅香さんだから、彼にとってさっきの言葉は、よりショックだったんじゃないでしょうか」

「ショック、か。でも両角さんのことだから、ショックより頭にきたんだと思いますよ……」

好きになった女が、想像以上に馬鹿で……

空になった冷酒杯をぼんやり見つめていると、小路さんが新しくお酒を注いでくれる。

「でもまあ、彼には彼なりに考えがあるようですし、浅香さんは変にいろいろ考えずに、彼を信じて待つのが最良だと思いますよ」

「……でも私、両角さんを怒らせてしまったし……きっと嫌われた」

きっと、ほとほと私に呆れ果て、愛想を尽かされたかもしれない。

自分から身を退く宣言をしたくせに、彼に嫌われて落ち込むなんて……本当にやっていることがちぐはぐで、自分でも馬鹿だと思う。

「まあ、両角さんならきっと大丈夫ですよ。根拠なんてないただの勘ですけど、彼はそんな簡単に浅香さんのことを諦めるとは思えませんけどね」

くすっと笑う小路さんにつられ、私も無理矢理笑みを作った。

――小路さんはそう言ってくれてるけど、もう無理かもしれない……

私は胸の痛みを抱えつつ、しばらくの間一人でお酒を飲み続けた。

＊　＊　＊

バーを出て黙々と歩き続けていたら、いつの間にか自分の部屋に着いていた。

怒りなのか失望なのか、自分でも処理しきれない重い気持ちのままリビングに入り大きなため息をつく。

ビジネスバッグをテーブルの上に置き、乱暴に外したネクタイを椅子の背もたれに投げつけた。

「くそっ……」

どかりとダイニングチェアに腰掛けた俺は、片手で額を覆い項垂れる。

「何をやってるんだ、俺は……」

自分の放った言葉を聞いた美雨の顔を思い出し、自己嫌悪で胸が締め付けられる。

――あんな辛そうな顔なんかさせたくなかったのに。

先ほど感じた強い怒りは、今は美雨ではなく自分に向いている。彼女に対する苛立ちなど、歩いているうちにとっくに消えた。

ふがいない自分に腹が立って、ガシガシと頭を掻きむしる。

王子キャラでない素の自分を好きだと言ってくれた美雨を愛しく思っているし、誰よりも大切にしたい。その気持ちは何も変わっていなかった。

――それなのに、感情にまかせてあんな風に声を荒らげるなんて……

自分のしたことに激しい後悔が押し寄せてくる。

思い出せば思い出すほど、気持ちが落ち込んでいく。

だけどあの時、俺は彼女の考えにどうしても納得できなかったのだ。

俺はこの先何があっても彼女と一緒にいたいし、その気持ちが変わることはないと思っている。

それなのに彼女は、私ではダメだの一点張り。

挙句の果てには、俺のためなら喜んで身を引くとまで言った。

正直言って『は？』と思った。

美雨が身を引くことがどうして俺のためになるっていうんだ。

その考えは間違っているし、そんなことをしようものなら何がなんでも阻止する。

俺は美雨と別れるつもりなどないのだから。

そこまで考えて、俺は先ほどの自分の言動を思い出し呻いた。

――だったらもっと冷静になって話し合えばよかったんだ。

彼女が分かってくれるまで、何度でも誠実に説明するべきだった。

だけど現実はどうだ。

感情が先走り、なんで分かってくれないんだという気持ちのまま苛立ちをぶつけてしまった。

こうなると、父が自分に表ではとにかく温厚でいろと命じた理由が分かるというものだ。

――何が『王子』だ。こんな短気な王子なんて聞いたことない。

自分が情けなくて、もはや怒りを通り越して笑えてきた。

「俺は、馬鹿だ……」

これが次期社長？　笑わせるな。こんなことで自分を見失うような人間が人の上に立てると思っているのか。

父がこの場にいたら、きっとそう言って俺を叱咤するに違いない。

俺は椅子から立ち上がると、冷蔵庫からミネラルウォーターを取り出し、ペットボトルに直接口をつけて飲んだ。一気に飲み干して、ふうっと、ひと息つく。

少しずつ気持ちが落ち着いてきたのか頭が冷静になってくる。それと同時に、さっきの美雨とのやりとりが頭に浮かび上がってきた。

『両角さんの苦労が減るなら……』

美雨はいつだって俺の立場を気遣ってくれていた。

だからきっと、俺のために自分のできることを考えた結果があの言葉だったのだろう。

彼女がそんなことを言う気持ちは俺だって理解できる。

もし立場が逆だったら、俺だって同じことを考えるかもしれない。

だけど、俺は絶対に彼女を手放したくなかった。幸せになるのなら彼女と一緒がいいし、そのためにも美雨にはずっと側にいて欲しいと思っている。

この気持ちは、この先何があっても変わらないだろう。

俺は彼女と一緒にいるためなら、誰に何を言われても我慢できるし、苦労だって厭わない。

でも、彼女が俺のせいでイヤな思いをしたり、苦労するのは我慢ならなかった。

彼女を傷つけるあらゆるものから、どんな手を使ってでも守りたい。

それが彼女を愛する自分の役目だと思っている。

俺のこんな考えを知ったら、おそらく彼女は、そんなことしなくていいと怒るだろう。

それが分かっていたから、ずっと気持ちを抑えていたのだが……

さすがにもう黙っているわけにはいかない。

「佐伯か……」

このところ、やけにあの親子に遭遇する機会があったように思う。はっきり言って、生理的に受け付けないタイプの二人だ。

人を見て明らかに態度を変える父親もだが、あの娘は問題外だろう。

頭のてっぺんから出ているような高音に、甘ったるい喋り方。自分は受け入れられて当然という傲慢な態度には反吐が出る。

そんなヤツがどの面下げて、美雨より自分の方が俺に相応しいなんてぬかすのかと、腸が煮えくり返る思いだった。

おまけに佐伯社長は陰で『腹黒タヌキ』と呼ばれるくらい、曲者として有名だ。

ただでさえあまりいい噂を聞かないのに、まさか娘の縁談相手として俺が目をつけられるとはな。それも、婚約者として美雨を紹介したにもかかわらずだ。

――まったく、娘が娘なら親も親だな。

こうなったら一刻の猶予もない。

美雨が二度と身を引こうなどと思わないように、確実に俺の側に繋ぎ止めなくては。

そのためにも、佐伯親子にはさっさと目の前からご退場いただかなくてはならない。

俺は現在進めている佐伯百合花の調査を急ぐよう調査会社にメールを送ると共に、さらなる情報を集めるべく仲間内に連絡を取るのだった。

＊　＊　＊

両角さんとケンカをしてしまった翌日。

私は生まれて初めて二日酔いというものを経験した。

――あああ、あったま、いた……

朝起きたら、頭の中で工事現場のようにガンガンと音が鳴っていて、文字通り頭を抱えてしまった。

これまで酒に強い体質なのをいいことに、ホイホイお酒を飲んできた私だが、ここへ来てこんな目に遭うとは思わなかった。

ひとまず、ネットで調べて二日酔いに効くと言われるスポーツドリンクを飲みながら、どうにか出勤する。

――昨夜、小路さんのバーで飲んだ後、つい家でも飲んじゃったんだよね……

きっとそれがいけなかったのだろう。

両角さんは怒らせるし、二日酔いにはなるし。ほんと踏んだり蹴ったりだ。

へろへろの状態で会社に到着し自分の席に着くと、さっそく山口さんが近づいてきた。

「浅香さーん。今日のお昼はどうする？　両角さんとの予定は？」

出勤早々両角さんの名前を聞き、うっ、と顔が引き攣る。

「あの、それが……ちょっといろいろありまして、しばらくあの方とはお昼をご一緒することはないかと……」

しばらくどころか、もう二度とご一緒することはないかもしれない。

そう思ったら胃がキリリと痛んだ。

落ち込む私を見た彼女は、真顔になって私に顔を近づけてくる。

「何かあったの」

「……ケンカしました」

それを聞いた山口さんの顔が、みるみるうちに驚きの表情に変わる。

「うっそ、ケンカすんの⁉ 意外‼」

――そうか、山口さんは両角さんの本性を知らないから……

「なので、しばらくお昼をご一緒させてください。無理なら私一人でも大丈夫なんで」

山口さんにお願いをすると、彼女は私の肩をポンポン、と叩き、

「後でゆっくり話聞くから！」

と言って席に戻っていった。

山口さんや荒井さん、小路さんや大貫さん――これまでたくさんの人に協力してもらったのに。私は自分のふがいなさに、申し訳ない気持ちでいっぱいだった。

仕事中は考えないようにしても、ふとした拍子(ひょうし)に彼の顔が思い浮かぶ。

どうしてなんだろう。考えないようにしようと思えば思うほど、彼のことが頭から離

れない。

——私、どうしちゃったんだろう。

彼のことは諦める。そう決めたのは自分なのに……

そうして気持ちが上向く気配がないまま、お昼になった。

山口さんと屋上でお弁当を食べながら、彼を怒らせてしまった経緯について話す。

「……なるほど。浅香さんはあのお嬢様に両角さんを諦めさせるのは、自分では無理だって思っちゃったのね」

「はい……」

私が力なく頷くと、山口さんが困り顔になる。

「両角さんのためには、私が側から離れた方がいいと思ったんです。なのに、いざ離れることを決めたら、どうにもスッキリしなくて……おかしいですよね……」

お弁当をちょっとずつ食べながら、ハアー、とため息をつく。

「もうすっかり彼女なのねえ。彼のために身を引くなんて、よっぽど相手のことを愛してなきゃできないわよ？」

言われた瞬間、驚いて食べていたものを噴き出しそうになってしまった。

「あ、愛っ……!?」

「だってそうじゃない？　それって相手の幸せを願うからこその考え方でしょう？　浅

香さん、両角さんのこと本当に愛してるのよ」

「……愛……」

自分の中で繰り返し呟いていたら、意外にもストンと腑に落ちてしまった。

――そっか……私、両角さんを愛してるんだ。

だから彼に幸せになってほしくて、苦労する顔を見たくなかった。いつまでも王子様のようにキラキラ笑っていてほしいから、側にいるのは自分ではダメだと思った。

気持ちを自覚したところで、完全に今更なのだが。

私は弁当を太股の上に置いて、空を見上げる。

「……だとしても、手遅れです。私、もう嫌われてしまいましたから……」

王子様を本気で怒らせたくせに、やっぱり愛してます本当は一緒にいたいんです、なんて一体どの口が言える？

「そーんなバカな！　一回ケンカしたくらいで嫌いになんかならないわよ！　それにね、付き合ってる時は全然ケンカしなかったのに、結婚したらしょっちゅうだから！　むしろ結婚前に散々ケンカしとけって私は思うわよ」

「……は、はあ」

それは山口さんの場合なのでは、と思ったけどあえて口にはしなかった。

再びお弁当を手に持ち、両角さんが好きだと言ってくれた玉子焼きを食べる。

――もし、まだ間に合うのなら……

私は、できるだけ早く両角さんに会いに行こうと決めたのだった。

しかし、思うのは簡単でも、実行に移すのはなかなか難しい。

連絡先は分かっているのだから、自分から彼にメールを送るなり、電話をするなりすればいい。だけど、スマホの両角さんの番号を表示すると、この前の彼の顔がちらついてそこから先に進めない。

それに、両角さんからの連絡も、ケンカしたあの日以来ぱったりと来ていない。そのことが、私を躊躇（ためら）わせていた。

絶対まだ怒ってる。そう思ったら、ますます私から連絡なんてできなかった。

――あーあ。もう、どうしたらいいんだろう……

休憩時間にそんなことを考えながら自動販売機で飲み物を買おうとしていたら、背後から名前を呼ばれた。

「浅香さん」

聞き慣れない男性の声に、「ん？」と何気なく振り返ると、そこにいたのは両角さんの秘書の大貫さんだった。

「あっ！　お、お疲れ様です……！」

「ちょうどよかった。これから、あなたの部署に行こうとしていたところでして……これを、両角から預かってきました」

大貫さんはジャケットの懐から出した白い封筒を、スッと私に差し出す。

「えっ？　両角さんから」

反射的にそれを受け取る。受け取った封筒には何も書かれていない。

「では、私はこれで……」

役目は終わったとばかりに大貫さんが帰ろうとするので、慌てて引き止める。

「ちょ、ちょっと待ってください！　……あの、両角さんはどうしてますか？　それに、なんで大貫さんに……」

「両角は今日から出張に出ております。出がけにこれをあなたに渡すよう頼まれました。……実は、メールでも電話でも連絡を入れては、と伝えたんですが、何故か今は会えないの一点張りで」

それを聞いて確信した。

──やっぱり私、両角さんに嫌われたんだ……

自業自得なのに、ショックで目の前が真っ暗になる。

そんな私に怪訝そうな視線を送っていた大貫さんが、何か思うことがあったのか口を開く。

「……両角と何かありましたか？　最近、ちょっと様子が変なんですよ」

「へ、変って……どんな風に？」

「両角は常に穏やかな印象なんですが、このところそれがちょっと崩れたというか……ため息が増えましたし、スマートフォンで何かをチェックしては、頭を抱えるような仕草をしたり。それに、最近はあなたと待ち合わせだといって、ものすごい速さで仕事を片付けるようなこともない。となると、やはり浅香さんと何かあったのでは、と……」

「ご、ごめんなさい……」

思わず謝ると、大貫さんはニコッと笑って「いいえ」と言った。

「これまでの両角は、いつもニコニコしていながら、感情を表に出さない機械のような人でした。それがここ最近は違う。あなたと付き合い出してから、彼はとても人間臭くなった。私は今の両角の方がいいと思っています」

「え……」

「では、私はこれで」

軽く会釈をして大貫さんは歩いて行ってしまった。

『人間臭くなった』という言葉が、何故か胸に響く。

だけどその前に言われたことを思い出して、ずっしりと凹む。

——今は会えないって……いつなら会えるんだろう……

よろよろしながら、私は自分の席に戻る。

――あ、そうだ、封筒の中身……

しっかり封がされていた封筒の端をはさみで切って、中に入っているものを取り出す。

それは料亭の小型パンフレットのようなもの。

「……？」

それは私でも知っている老舗の料亭で、一般人には一生縁のないような場所。

途方に暮れつつ、封筒に入っていたもう一枚の紙を取り出す。

そこには見たことのある両角さんの字で、短く一言書かれていた。

【今週の土曜十二時に、必ずここに来るように】

――え？　どういうこと？　嫌われたはずなのに、なんで呼び出されるんだろう？

それとも、最後の晩餐的な……？

しばらく考えた結果、おそらく後者だと自分の中で結論が出た。

きっと最後に、私に美味しい日本酒を飲ませてくれるつもりなのかも。なんだかんだ言ってあの人優しいから。

そう思ったら、じわりと目に熱いものが込み上げてくる。

――馬鹿、私。今は勤務中なんだから、泣いたりしちゃダメだ。

気が緩むと涙が出てしまいそうだったので、その日はずっと気を引き締めて仕事に集中したのだった。

そうして迎えた土曜日。

私は大きな紙袋を持って、両角さんに指定された料亭を訪れた。

いてもたってもいられなくて早めに家を出てしまったので、約束の時刻まではまだ余裕がある。

——一人で入るのは、緊張するな……

入口の前で一度深呼吸をした私は、意を決して純和風の門扉(もんぴ)をくぐる。

綺麗な庭園を眺めつつ木製の引き戸を開けると、眼前に綺麗な生け花が飛び込んできた。

——わ、すごい。綺麗……！

花に見惚れていると、着物を着た仲居さんに声をかけられる。

私が両角さんの名前を出すと、すぐに個室へ案内された。

畳敷きの座敷でお茶を飲みながら、窓から見える中庭を見てぼんやりしていると、個室の引き戸が開いた。

仲居さんかな、と思って何気なくそちらを見たら、スーツ姿の両角さんがいて、座ったまま飛び上がりそうになった。

「えっ⁉　両角さん⁉」

こんなに早く彼が来ることを想定していなかったので、あたふたする。

そんな私を見て、両角さんはちょっとばつが悪そうに額を掻いた。

「……早いな」

「も、両角さんこそ……」

それきり口を噤み、両角さんは何故か私の隣に座った。

――あれ？　この場合、向かいに座るのでは……

私が変な顔をして彼を見ていたからか、両角さんがちらりとこっちに視線を送る。

そして大きくため息をつき、「この前は悪かった」と謝ってきた。

「カッとして、ついあんな態度を取ってしまって、本当に申し訳なかった。この通りだ」

正座した彼は、太股に手をのせて深々と頭を下げてくる。

そんな両角さんに、こっちは戸惑うばかりだ。

「え？　なんで両角さんが謝るんですか‼　むしろ謝らなきゃいけないのは私の方です、ごめんなさいっ！」

謝り返されて、両角さんも変な顔をした。

「……なんで美雨が謝るんだ？」

「だって私、両角さんの気持ちを無視して離れようとした、から……」

「ああ、それだけど」

　話の途中で、両角さんが口を挟んでくる。でも、私は「ちょっと待ってください！」と、彼の言葉を遮った。

「最後まで言わせてください！　……私、あれからいろいろ考えたんです。両角さんにあんなこと言っちゃった手前、どの面下げてと思われるかもしれないけど……私、他の女性が両角さんの婚約者になるの、いやです。だからあの……今更こんなこと言っても遅いかもしれませんけど……私、やっぱり両角さんのこと諦めたくありません……」

　ずっと私を見つめたまま、両角さんは何も言わない。彼が何を考えているのか分からなくて、居たたまれなさが募っていく。

　──やっぱり、調子いいよね……

　彼の返事を勝手に想像して落ち込みそうになっていると、ずっと真顔だった両角さんの口元にふっと笑みが浮かんだ。

「俺も同じだ。でも俺は、美雨のことを諦めるとか、そういったことはまったく考えてなかったけど」

「……え？　でも、大貫さんに今は会えないって……。だから私、顔も見たくないくらい両角さんに嫌われたんだって思って……」

状況が上手(うま)く理解できずぽかんとしていると、両角さんが私の手を強く掴(つか)んできた。

「嫌わない。会えないって言ったのは、佐伯さんの件が解決しないまま美雨に会っても、君はまた同じことを言うだろうと思ったからだ。会うなら、ある程度準備が整ってからと決めていた……不安にさせてごめん」

「……じゃあ、私、両角さんに嫌われていない……？」

確認するように問いかけると、彼が苦笑する。

「嫌ってない。やっと手に入れた君を、俺がそう簡単に嫌いになるはずないだろう」

「も、両角さん……」

指を絡(から)めて手を握り返されて、ホッとしながらも喜びが込み上げる。顔が熱くて、空(あ)いている方の手で赤くなっているだろう頬を押さえた。

そこでふと、さっき両角さんが言った言葉が浮かぶ。

「……ある程度準備が整ったら、ってどういうことですか？」

「ああ。もうすぐ分かるよ」

ニヤリと口の端を上げた両角さんを見て、これからここで何かが起こるのだと察する。

滅多に来ない高級料亭、私と並んで座った両角さん、目の前に用意された席……

――ということは、まだここに人が来るんだ……

脳裏に一人の女性の顔が浮かんで、無意識に眉を寄せる。

彼女はまた、あの黄色い声で両角さんを呼ぶのかな……とモヤモヤしていると、予期せず個室の引き戸が開いた。姿を現したのは佐伯百合花さんではなく、お父様である佐伯工業の社長だった。

「いやあ、央君、今日はお招きありがとう」

手をパッと離し、颯爽と立ち上がった両角さんは、あっという間に大きな猫を装着した。

「社長、急にお呼び立てしてしまって申し訳ありません。さ、どうぞ」

両角さんが会釈するのを横目で見ながら、私も一緒に頭を下げる。

佐伯社長は両角さんの隣にいる私に気づいてチラッと見たが、何も言わず両角さんに促されるまま向かいの席に座った。

「以前ご一緒できなかったので、急遽このような場を設けさせていただきました」

「……あ、ああ、そうだったね！　こちらこそ、急に申し訳なかった。あの日は、娘が央君とお話しさせてもらったと、喜んで帰ってきたよ」

嬉しそうに話す佐伯社長に、両角さんが真顔のまま切り込む。

「社長。今日は、その百合花さんのことでお話があります。店には、話が済むまで料理を出すのを待ってもらっていますので、手短に」

「百合花の？　何かな？」

「……あ、ちょっとお待ちください」

両角さんがそう言って会話を中断すると、ちょうど部屋の向こうから人の歩いてくる音が聞こえてきた。その足音が私達の部屋の前で止まると、引き戸が静かに開きある人が姿を現す。

佐伯百合花さんだ。

「両角さあーん！　今日はお食事に誘ってくださってありがとうございま……っ、え⁉　パパ？　なんでここにいるの？」

華やかな小花模様のワンピースを身に纏い、ばっちりメイクと髪形を整えた彼女は、ここに自分の父親がいるとは知らされてなかったらしくキョトンとしている。

彼女の父親も同じだったようで、驚いた顔をしていた。

「百合花⁉　央君、娘も誘ってくれたのか？」

「ええ。どうせなら、お二人が揃っていた方がいいと思いまして」

両角さんはにっこり微笑んで、百合花さんを社長の隣に座るよう促した。

百合花さんは両角さんににっこりと微笑みかけるけど、その隣にいる私が気にくわないみたいだ。あからさまに鋭い視線を送ってくる。

――そうですよね、私邪魔ですよね……

それにしても、両角さんはこれから一体、何をするつもりなのだろう……？

固唾を呑んで見守っていると、両角さんが口を開いた。

「佐伯社長。先日もご連絡させていただきましたが、あれからも度々百合花さんは約束もなく会社へ訪ねて来られるんです。そのことを社長はどうお考えですか？」

両角さんに尋ねられて、佐伯社長は驚く素振りもなく、百合花さんを見る。

「百合花、そうなのか？　いや、央君に迷惑をかけないようきちんと言っておいたのですが」

――なんだか取ってつけたような台詞だな～……

「だって、両角さんほど素敵な人、そうそういないんですもん。だから私、どうしても会いたくて。やっぱり結婚するなら、両角さんのような素敵な人がいいです」

ニコニコしながら両角さんに熱い視線を送る百合花さん。だけど、両角さんの表情は変わらない。

「何度もお伝えしている通り、私にはここにいる浅香美雨さんという婚約者がいます。ですので、どれだけ会社に来られても百合花さんと結婚することはありません」

「だーかーら、そんなフッツーの人と両角さんじゃ釣り合わないって、前も言いましたよね？　パパもそう思うでしょう？」

百合花さんが隣の社長に同意を求める。社長は、両角さんの手前、一応は注意するようなそぶりを見せつつも、わざとらしく「うーん」と腕を組む。

「ただなあー。あまりこういうことは言いたくないが、やはり両角家のためには、それなりに家柄のある女性が好ましいかな……？　いや、浅香さんが悪いと言っているわけじゃないんだよ？　ただねえ、やっぱり央君の相手となると……」

「でしょう？　パパ話分かる～」

きゃっきゃっと社長の腕に自分の腕を絡ませる百合花さんに、正直イラッとする。

――いくら社長令嬢でも、これは、ない……

隣にいる両角さんをちらりと見ると、表情は変わらないけど苛ついているのが、引き攣った口元で分かる。

「……つまり社長も、私と美雨の結婚に反対だと？」

「いや、そういうわけじゃないんだが……でも、やっぱり央君には、誰もが納得してくれるような家柄の女性と結婚して欲しいと思うんだよ」

「その場合、二股をかけるような女性でも、祝福してもらえるんですか？」

「ん？」

笑顔のまま佐伯社長が両角さんに聞き返す。

そして、百合花さんの顔からは分かりやすく笑みが消えた。

「私が何も知らないとでも？　戸田住建の戸田光弘。ここまで言えばもうお分かりでしょう？」

全員が無言になる。だけど、何か思い当たることがあったのか、佐伯社長がハッとして百合花さんを見る。

「……百合花、お前……!!」

「え？　え？　なんのことかしら。私よく分からない……」

「じゃあ、これはなんです？」

すっとぼける百合花さんだが、両角さんがおもむろに差し出したスマホの画像を見て、表情が凍り付いた。

「え……な、なん……なんで、両角さんが……」

これまでの自信たっぷりな態度が嘘のように、彼女がしどろもどろになる。

私が三人の反応を窺っていると、両角さんがスマホの画像を見せてくれた。

そこには、見知らぬ男性にべったりと腕を絡ませる百合花さんの姿。

――あれ？　これ佐伯さん……？　でも隣の男性は両角さんじゃない……どういうこと？

驚いて両角さんを見上げると、厳しい視線を佐伯親子に向けている。

「ご存じかと思いますが、私の父は顔が広くてね。その関係で父の友人の息子同士も割と交流があるんですよ。戸田もその一人でして、先日会った時、彼から百合花さんのことを聞かされたんです。彼も、あなたに結婚を迫られていると言っていましたよ。ああ、結婚を迫られているのは私もでしたか……」

「いやっ、央君！　これは何かの間違いだ。な、なあ百合花！」

「……う、うん……」

「それなら、戸田に電話して直接聞いてみましょうか」

両角さんがスマホを手に取り、画面をスワイプすると、百合花さんが慌て始める。

「きゃーっ!!　やめてーーッ!!　みんなパパがいけないのよ、両角さんがダメだった時のために他の御曹司とも上手くやれなんて言うから!!」

百合花さんに思惑を暴露された社長の顔が、みるみるうちに赤く染まる。

「バッ……お、お前……!!　だからって二人同時に結婚を迫るヤツがあるか!!　悪いのはお前だろうが!!　ああ、なんてことを……」

社長が両手で顔を覆って項垂れる。

その様子を眺めているうちに、だんだんと話が見えてきた。

つまり、佐伯社長が両角さんと娘の結婚を目論み百合花さんをけしかけた。ついでに、両角さんとの結婚がダメだった時のために、他にも保険をかけておけと言われ、それを彼女が実行したと？

子が子なら、親も親だなと呆れてしまった。

項垂れていた社長が、そこでハッと顔を上げる。

「な、央君！　このことは、両角社長はご存じで……」

「父はまだ知りません。ですが、大切な婚約者を軽んじられ、理不尽に振り回されたとあっては、さすがに父にも報告せざるをえないですね」

しれっと答える両角さんに、社長は見る見る顔を青くして冷や汗を流す。

そして、おもむろに居住まいを正して、がばっと頭を下げてきた。

「どうか両角社長には内密に頼む、この通りだ！　娘が央君に結婚を迫っておきながら同時に他の男にまでなんてことがバレたら、私はこれまで築き上げてきた信頼を全て失ってしまう！」

――いや、もうこの時点で、すでに信頼も何もないと思いますけど……

頭を下げ続ける佐伯社長の隣で、百合花さんは口を尖らせてそっぽを向いている。

「分かりました。では、今回に限り父には報告せず私の胸に留めておきましょう。……ですが、もしまた同じようなことが起きたら、その時は容赦しません。今回のことを含め父にもしっかりと報告させていただきます。百合花さんも、いいですね？」

顔は笑ってるけど、厳しい口調の両角さんに、社長も百合花さんも別人みたいに小さくなってる。

「私からの話は以上です。さて、この後ですが、お食事はいかがいたしますか？」

にっこり微笑む両角さんの圧力がすごい。

正面からそれを受けた社長が、とんでもない、とばかりに頭を振る。

「い、いや、申し訳ないが私達はこれでお暇させてもらうよ。央君、浅香さん、この度は本当に申し訳なかった……!! ほら、お前も謝りなさい！」

「はあい……ごめんなさい……」

しょぼんと肩を落とした百合花さんは、社長に引きずられるように去って行った。

一気に静かになった部屋の中で、私がぼけーっとしていると、両角さんがジャケットの襟を正す。

「じゃあ、心置きなく食事にしようか。会席じゃなくて弁当を頼んであるから、彼らの分は大貫ともう一人呼んで食べてもらおう」

「……大貫さん？ 近くにいるんですか？」

「ああ。こうなるだろうと思って、あらかじめ近くで待機してもらってるんだ――ああ、大貫？ 片付いた、今から来られるか」

両角さんは言いながら、スマホで大貫さんと会話を始めた。なんと用意がいいこと。

――経緯はどうあれ、佐伯さんは両角さんのことを諦めてくれたし、よかった……

それからすぐに大貫さんと秘書課の男性がやって来て、私達と一緒に松花堂弁当を食べて帰っていった。

店を出て、両角さんの車に乗り家まで送ってもらうことになる。

「ところで、この紙袋はなんなんだ？」

両角さんは私が持っている大きな紙袋がずっと気になっていたらしい。

しかし、ここに来た時と今では状況が違うので、かなり言いにくかった。

「……実は今日、両角さんに正式にお役御免を言い渡されると思っていたので、これまでいただいたものをお返ししようと思って持って来たんです」

ハンドルを握って、駐車場から車を出そうとしたタイミングで、両角さんは「はあ？」と眉根を寄せ、視線を送ってきた。

「なんだって？」

「あ、でもさすがに日本酒は重たくて無理でした。それに、もう飲んじゃったのもあるし……」

「まったく。そういうことは行動が早いな。服や日本酒は君にあげたものだって前にも言っただろう。返す必要なんかない」

ぴしゃりと言われ、私は助手席で肩を竦める。

「……持っている方が辛いことだってあるんです。察してください」

「じゃあ、返されなくてよかったよ」

苦笑しながら両角さんが車を走らせる。その横顔をちらりと見て、私はため息をついた。

「それにしても、佐伯さんの二股にはびっくりしました。よく分かりましたね」

「ああ、佐伯社長の娘についての噂をどこかで聞いた記憶があって調査してたんだ。彼女、これまでにも似たようなことをあちこちでしていたらしくてね。そこで仲間内の集まりでそれとなく話を振ってみたら、戸田から佐伯さんの名前が出てきたというわけ。これで心置きなく相手を糾弾し拒絶することができる。そう思って、急遽この場を設けたんだ」

「そうだったんですね……でも、よかったです。百合花さんが会社に来ることがなくなったら両角さんの噂もなくなるだろうし……ホッとしました」

「これで美雨の心配事もなくなっただろう？」

「え？　私ですか？」

突然話を振られてビクッとなる。

「そう、ですね……はい」

でも、この先また佐伯さんのような女性が現れないとも限らない。

——それでも私は、両角さんのことを諦めたくない。

そんな自分の気持ちに気づけたのは、ある意味佐伯さんのおかげかもしれない。そう考えると、ほんのちょっとだけ彼女に感謝したくなった。

すると、突然両角さんがフッ、と笑う。

「バーで言い争った時は頭に血が上って気づけなかったけど、冷静になれば君が俺のためを思って身を引こうとしてるって分かった。だったら、一刻も早く問題を解決して君を繋ぎ止めればいいと思ったんだ」

「も、両角さん」

「俺は君がいいんだ。だから、今後一切自分じゃ無理とか、身を引くとか言うの禁止な」

チラリと私に視線を寄越してニヤリと笑う。その顔に、今更ながらに激しくときめいてしまった。

――な、何？　両角さんの笑顔なんか見慣れているのに……

ドキドキする胸を押さえながら自分の変化に動揺していると、両角さんが私の家とは違う方向にハンドルを切った。

「あれ？　両角さん、うち、こっちじゃない……」

「……俺がこのまま君を家に帰すと思うか？」

――ウッ……!!

少しトーンを落とした艶のある声に、ただでさえドキドキしていた私は完全にハートを撃ち抜かれてしまった。

「……どうした」

ぐったりと助手席に凭れて悶絶中の私に、両角さんが呆れた声で尋ねてくる。

「そんなこと言われたら、もう、何も言えないです」

今日の両角さんは、王子様というよりも王様みたいだ。

だけどそんな両角さんも、男らしくて素敵だと思う。

――どうしよう、早く両角さんにくっつきたい。

「私も、今日は離れたくないので、よろしくお願いします」

「……大歓迎だ」

おそらく今、私と両角さんは同じことを考えていると思う。

その証拠にマンションに到着し玄関に入ってすぐ、どちらからともなくキスをして、お互いを激しく求め合った。

「……っ、は……」

がっしりと両手で頬を固定されたまま深く口づけられる。息継ぎもままならないキスはすごく苦しいけど、やめたくない。

両角さんの首に腕を回してしがみつき、自分から彼の舌に自分の舌を絡める。唾液が溢れクチュクチュと音を奏で、その音だけで頭がぼうっとなってくる。

そんな中両角さんの手が服の下から差し込まれ、するすると胸の膨らみに到達する。

大きな手で乳房を鷲掴みにされた瞬間、ハッとする。

私達がいるのは、まだマンションの玄関だと思い出し、冷静さが少し戻ってきた。

「も、もろずみ、さ……」

「ん……？」

「ここじゃ……っ」

唇を離し、至近距離で見つめ合うと、両角さんが苦笑する。

「そうだな。悪い、がっつきすぎた」

両角さんに手を引かれて寝室に行き、ベッドに腰を下ろした瞬間すぐに押し倒された。

「……今日の両角さんは、野獣ですね？」

「野獣な王子は嫌いかな？」

そう言って微笑んだ両角さんは、ネクタイを外しシャツのボタンをいくつか外す。それだけの仕草が、かなりエロい。

「……大好き、です」

私の言葉に嬉しそうな顔をした両角さんが、私の体に体重をかけながら再び唇を食(は)む。

キスをしつつ私のカットソーの裾から手を差し込み、あっという間にブラジャーのホックを外す。早い、と思った直後、カットソーごと頭から抜き取られた。

「美雨のここ、可愛い」

ツンと勃ち上がった胸の先端を、指の腹でくりくりと転がされる。強く吸われると、甘い痺(しび)れに腰が疼(うず)いた。

「んッ……!!」

「腰、揺れてるな。気持ちいい？」

私の反応に気をよくしたのか、彼は執拗(しつよう)にそこを攻め始める。舌先で転がし、ちょんちょんとつついたり、強く吸い上げたり。その間、反対側の胸は大きな手で円を描くように揉(も)みしだいたり、時折先端をキュッと摘(つ)まんだり、引っ張ったりする。

胸を絶(た)え間なく攻められ続け、下腹部からじゅわっと愛液が染み出すのが分かった。

――あ、や、もう濡れ……っ

「ん、く……っ!!　わ、私ばっかり、いや……っ」

「……だめ。俺は、美雨を気持ちよくさせたい」

言い終えるなり、彼は先端を口に含んで軽く甘噛みしてくる。

「はっ……!!　ああんっ!!」

強い刺激に襲われるも、逃げることができない。

私は胸元にある彼の頭に手を置いたまま、腰を浮かせて快感に悶(もだ)える。

以前にも増して敏感になっている私の体は、胸への愛撫(あいぶ)だけで容易に絶頂を迎えそうになる。

――だめ、すぐ、イッちゃう……!!

そう思った私は、両角さんの頭をグッと押して、イヤイヤと首を振る。

「だめ、イッちゃうから、もう……」

「いいよ、イッて」

やめて欲しいのに、やめてくれない。むしろ、愛撫の手が激しくなった気がする。

そうなると絶頂までは待ったなしで——あっけなく達してしまった。

「〜〜〜っ‼　や、あっ——‼」

お腹の奥がきゅうっと締まった後、頭の中が真っ白になって一気に脱力する。

私がぐったりしていると、両角さんは私のスカートとショーツを一気に脱がした。

彼は私の脚の間に体を割り込ませると、身を屈めておへその辺りにちゅっとキスをする。

「んんっ……」

身を捩じる私の秘所へ手を伸ばし、しとどに濡れた襞を開いて中心を指で愛撫し始めた。

「ひゃあっ‼　やだ、そこは……」

「もう硬くなってきてる。ほら、気持ちいい？」

いやだと言っている側から、彼は小さな蕾を指先で弄る。たちまち腰の奥から強めの刺激が全身に伝わり、大きく腰を揺らして身悶えた。

「はあんっ!!」

私の意思とは関係なく、甘い声が出てしまう。

「美雨、可愛い……もっと啼いて？」

両角さんの指は的確に、私の気持ちいいところを攻めてくる。指でくりくりと蕾を弄られ、軽く爪で弾かれて、常に快感を与えられ続けた。

「こっちはどうかな」

蕾を掠めながら、彼の指が蜜口へと滑っていく。すでに溢れ出している蜜が潤滑油となり、彼の長い指はなんの抵抗もなく私の中へ呑み込まれていった。

「ああっ……!!」

「すごい。どんどん溢れてくる……」

驚いたような両角さんの声に、恥ずかしくて顔から火が出そうだ。

「やだ……言わないで」

顔を手で覆い隠しながらお願いしても、「それは無理」と言われてしまう。しかも、両角さんが体の位置をずらし股間に顔を埋めてきたので、驚いて上体を起こしてしまった。

「ちょ、やだ！　両角さん、お風呂入ってないからだめっ！」

「全然気にしない。むしろ興奮する」

そう言ってすぐに、彼は襞の奥にある蕾を剥き出しにして、舌先でつついた。

「……ッ、あッ……!!」

ダイレクトに子宮へ響くみたいな、強い刺激に腰が跳ねる。

だけど、彼から与えられる刺激はそれで終わらない。今度は蕾を舌で舐られ、きつく吸い上げられた。

「あああっ……!!　やだ、それ、い、いっちゃ……」

胸への刺激とは比べものにならないくらいの快感に襲われ、何も考えられなくなった。

——だめ、だめ、これ以上されたら、また……

すでに一度達しているのに、また絶頂が近づいてくる。

来る、来る。

そう思いながら堪えていると、再度蕾を嬲られた瞬間に達してしまった。

「あ……あッ——」

体を反らせてビクビクと震える私に、口元を指で拭った両角さんが「イッた？」と尋ねてくる。

「……は、い……」

呼吸を乱しながら、なんとか返事をする。

自分がこんなに感じやすいなんて、初めて知った。

——私ばっかりイかされて、なんだか……ズルイ。

よろよろと体を起こした私は、両角さんがまだ服を着ていることに気づく。

「……両角さん、脱いで」

いつもは敬語なのに、知らず命令口調になっていた。

だけど両角さんは、それがお気に召したのか、ニヤリと口の端を上げる。

「命令？　いいね」

嬉しそうにこう言うと、両角さんがパパッと服を脱ぎ捨て全裸になった。その股間には彼の分身がすでに猛々しく主張していて、思わず目を奪われる。

ベッドに戻った両角さんは、再び私を組み敷こうとした。だけど、私ばかり何度もイかされているのが癪に思えて、逆に両角さんをベッドに押し倒す。

「……ん？　どうした？」

「今度は私の番です」

そう言うと彼は目を丸くしていたが、そんなの構わない。私は引き締まった体にキスを落としながら、彼の屹立を両手で包み込んだ。

「んっ……」

彼の口から艶めかしい声が漏れる。

触れた瞬間、ビクンと反応したそれを片手でゆっくりと上下に扱く。次第に硬さを増していき、両角さんの口からは熱い息が吐き出された。

「は、あ……っ……」

美しい顔から熱い吐息が漏れる様は、女の私から見てもすごく色っぽい。

——気持ちよくなってくれてるかな……？

できればこのまま、彼にイッてもらいたい。そう考えた私は、手で扱きながら屹立を口に含んだ。その瞬間、彼のモノがどくんと脈打つ。

「くっ……」

彼の体がビクンと震え腹筋に力が入ったのが分かった。

それに気をよくした私は、張り切って舌で愛撫をしていく。竿部分へ上下に舌を這わせたり、先端を含み、口をすぼめて奥まで出し入れを繰り返したり。

どうか彼が気持ちよくなってくれますようにと、夢中で奉仕する。

「……っ、まて、美雨。頼むから……」

「……？」

彼のモノを咥えたまま上目遣いで見やると、両角さんは「ウッ」と短く声を発して顔を覆った。

「エロ……っ」

そんな呟きに構わず行為を続けようとしたら、彼がいきなり体を起こし私の口から屹立を引き抜いた。

「これ以上は本当にヤバいから……それに、イくならお前の中がいい」

「え……あっ！」

お返しとばかりに、両角さんが私に覆い被さって、深く唇を塞がれる。

ねっとりとしたキスで私を翻弄した後、一旦体を起こした両角さん。彼は手早く避妊具をつけ、すぐに私の中に入ってきた。

「ん……んんッ……」

目を閉じたままで、お腹の中を満たす彼の存在を感じる。

——あ、熱い……

「……ごめん。限界が近いから、優しくできない」

「え？　あ……あッ！」

宣言通り、両角さんはいきなり私の奥を突いてくる。お腹の奥から伝わる刺激と、私の中を占める圧迫感に、自然と呼吸が浅くなる。

「はっ、あっ、あ……ッ……」

「……は、中、すごい……絡みついてくる」

両角さんが額から汗を滴らせ、私の中を堪能するように恍惚と目を閉じる。

そんな姿もたまらなくセクシーで、私をよりいっそうキュンとさせた。

――両角さんって、こんなに格好よかったっけ……？

イケメンなのは知っている。だけど今日の彼はいつも以上に素敵に見えて、さっきからお腹の奥のキュンキュンが止まらない。

「……くっ、美雨、お前締めすぎ……っ」

両角さんの表情が苦しげに変わった。はあ、とため息まじりに苦悶（くもん）の表情を浮かべつつ、彼は腰を引き私の浅いところに屹立（きつりつ）を擦りつけ始める。

そうかと思えば、最奥（さいおう）を強く突き上げ、私の反応を探りながら、浅く深く出し入れを繰り返す。

徐々に、腰を打ち付ける速度が速まっていき、私の体が上下に揺さぶられる。

「あっ、あっ、は、激しッ……」

突き上げられる速さに思考が追いついていかない。

私は両角さんの腕に必死に掴（つか）まり、彼から与えられる快感に溺（おぼ）れた。

――両角さん、大好き――……もう、離れたくない。

彼に対する気持ちを再確認していると、両角さんの表情から絶頂が近いと悟る。

「は……もう、イくっ……」

両角さんが上体を倒し、腰を打ち付けながら私にキスをする。唇を食（は）みながら自身の昂（たかぶ）りを最奥（さいおう）へ突き入れると、そのままビクビクと大きく体を揺らして果てた。

「……ん、う……ッ……」

達した両角さんは、私の肩口に顔を埋めて、ハアハアと荒い呼吸を整える。

「……美雨」

呼吸を落ち着かせてから、両角さんは私を抱き締め、唇に自分のそれを重ねた。

唇を離した両角さんは、優しい目で私を見つめながら、短く「愛してる」と言った。

気持ちのこもった愛の言葉に、なんだか感極まって私の目には涙が溢れてくる。

「……私も、愛してます」

目の前の両角さんにしがみつき、私の方から彼にキスをした。

私からのキスに両角さんは、ちょっと驚いていたようだったが、すぐにこれまで見たことがないくらい素敵な微笑みをくれた。

――この微笑みは、私だけのものですよね……？

私は心の中で、両角さんファンの女性社員にごめんと頭を下げた。

申し訳ないけど、他の誰にも王子様は譲れない。この気持ちだけは、もう揺るがなかった。

そんなことを考えていたら、両角さんがまた私に覆い被さってくる。

「悪いけど、このままもう一回していい？」

「……え？　でも両角さん、今イッたばかり……」

「あれだけで足りるわけないだろ。今夜は離さないから、そのつもりで」

――うそ……!!

ニヤリと笑った両角さんにドキッとしつつ、下腹部に当たる硬いモノに息を呑む。

「ま、また手でしましょうか……?」

引き攣った笑顔で申し出る私に、なんとも色っぽい笑みを返す両角さん。

「それも嬉しいけど、また今度。今は美雨の中でイきたい」

頭を撫でられながらチュッとキスをされる。たまらなく甘い雰囲気に、私の下腹部もまたじわりと潤み出す。

「……じゃあ、もう一回しちゃい、ます……?」

おずおずと口にすると、微笑んだ両角さんが、甘えるように私の体に自分の体を密着させ、強く抱き締めてきた。

「する」

その反応が可愛くって、ハートを鷲掴みされた。

――可愛い……!

王子様にはこんな可愛い一面もあるのだと知り、それが意外にも私のツボを突き、二度目のエッチは一度目とはまた違った気持ちで燃え上がったのだった。

最終章

あの食事会以降、佐伯さんが会社に押しかけてくることはなくなった。

ある意味、以前の平和な日々が戻ってきたと言える。

今回の件を心配してくれていた山口さんと荒井さんには、お昼休みを利用して事の顛末を簡単に説明しておいた。

あれだけ両角さんにしつこくしておきながら、実は佐伯さんが他の男性にも結婚を迫っていたことを知った彼女達は、口を開けたまま唖然としていた。

「嘘……あんなに両角さんにベタベタしてたのに、他の男にも手を出してたなんて……どこがお嬢様よ、ただのビッチじゃない……」

荒井さんがこう言って言葉を失っていると、山口さんはもう堪えきれないとばかりに「あははは！」と笑い出す。

「いやー、すごいお嬢様ね。そんな人と結婚なんかしたら、大変なことになってたわね、両角さん」

「本当に……。何事もなく収拾してよかったです……」

私がやれやれと思っていると、買ってきたお弁当を食べていた荒井さんが、「じゃあ」と言って身を乗り出してきた。

「これで邪魔者はいなくなったわけだし、このまま一気に結婚までいっちゃうの？」

「そ、それは私には分かりませんけど。でも、両角さんがそうしたいなら、私はいつでも……」

「へえ～!!　浅香さんの口からそんな言葉が出てくるなんて！　愛は人を変えるわね～」

山口さんが冷やかしてくる。それに乗っかった荒井さんにも冷やかされ、私は下を向いて顔を赤らめた。

だって、もう誰にも邪魔をされたくない。

だったら、いっそ結婚してしまった方が早いのではないか、と思ってしまったのだ。

佐伯さんのせいで流れた噂も、彼女がぱたりと来なくなったことで、早々に消えていった。

何より、両角さんが私と付き合っていることをこれまで以上にアピールしたこともあり、ようやく彼が本気であると浸透していったようだ。

いつの間にか、彼にアプローチする女性もかなり減っていた。

私としてはこれだけでもだいぶ気持ちが楽になったのだが、両角さんは違ったらしい。

彼は今後もまた、佐伯さん親子のような人が出てくると困ると言い張り、強引に私の実家へ挨拶（あいさつ）に行く段取りを組んで実行した。

事前に電話で連絡は入れておいたのだが、ごく平凡な一般家庭にはかなり眩（まぶ）しい美貌と経歴の持ち主である両角さんに、両親は呆気にとられていた。

ぽかんとする両親の前で、「美雨さんと結婚させてください」と丁寧に頭を下げる両角さんを見ていたら、なんだか夢を見ているような気になってしまった。

もちろん、両親は反対などせず、どうぞどうぞとあっさり承諾してくれた。

ただ一つ、私に将来の社長夫人という大役が務まるのか、という点を心配したようだった。

「母は父がよく通っていた喫茶店のウェイトレスでした。父に見初（みそ）められて結婚し、もう三十年以上社長夫人をしています。自分は、美雨さんならきっと大丈夫だと確信しています。もし何かあっても、彼女のことは私が支えますので」

こう言ってにっこりと微笑まれ、両親はすっかり安心した顔をしていた。

そうして無事に両親への挨拶（あいさつ）を済ませ、両角さんの車に乗って実家を後にする。ホッとした途端、一気に疲れが押し寄せてきた。

「はあ～～……緊張した……実家で緊張するなんて、生まれて初めての経験です」

「君が緊張してどうする。まったく、俺だって人生で一番ってくらい緊張した」

安堵のため息をつきながら、両角さんがしみじみと言う。

「美雨のご両親は、優しくて素敵なご夫婦だな」

「ありがとうございます。うちの両親はどっちものんびりで、結構自由にさせてもらってきたんですよね。……実は私、両親みたいな夫婦になるのが理想なんです」

「へえ。でも俺の両親もそんな感じかな。父も母も穏やかで、一緒にいるとのんびりした時間が過ごせる。だから俺も、そんな夫婦関係が理想だと思ったよ」

なるほど、と思いながら聞いていたのだが、一つだけ引っかかることが。

「でも、両角さんとお父様じゃ性格が違うから同じは無理じゃないですか？　両角さん、カッとなりやすいし……」

こう言った途端、両角さんがチラッ、と私に視線を送ってくる。

「自分では、だいぶ丸くなったと思ってるんだけど」

「えー、そうですか？　私の前でも何回かブチ切れてますよね？　丸くなったとはとても思えないのですが……」

だけど両角さんは、何故か口の端を上げてニヤリとする。

「つい最近だが、父が俺のこれまでの働きや、振る舞いを評価してくれて、結婚後は無理にキャラを作らなくてもいいとお許しが出たんだ」

突然両角さんの口から語られたことに、私は目を丸くする。

「ええっ!?　それ、本当ですか!?」

「ああ。さすがにいきなり本性出すと周囲が戸惑うから、少しずつだけど。でも、これで心置きなく素の自分が出せると思ったら、楽しみでもある」

「そっか……両角さん、王子様キャラやめるんだ……」

とはいえ、周囲の人達は猫を被った王子様キャラの両角さんのことしか知らない。

それなのに、素を出し始めたら、みんな、戸惑うんじゃないだろうか。

「……大丈夫なんですか？　急に性格が変わったって、変に思われたりするんじゃ……」

心配する私に、ハンドルを握る両角さんがハハ、と声を出して笑った。

「別にいいんじゃないか、変に思われても。それに結婚という大きな転換期を経験して、キャラが変わったということにすれば、特に問題はないだろ」

「……結婚でキャラが変わるって、どういう……」

いまいち理解できずにいると、楽しそうに両角さんが説明した。

「幸せすぎてキャラが崩壊した、とでも言っておけばみんなも納得するんじゃないか？」

私は思わず運転席の両角さんを見る。

「ええ～？　それで本当に納得します？」

「するさ。これからはみんなの王子様じゃなくて、美雨だけの王子様になるってこと」

――私だけの王子様か……

「なんかそれ、こそばゆいですね」

助手席でもぞもぞしていると、また両角さんがちらりとこっちに視線を寄越す。

「お気に召さない？」

そんなわけがない。この笑顔が私だけのものだって思ったら、幸せすぎてどうにかなってしまいそうだ。

「いいえ。これからは、私だけの王子様になってください」

素直に気持ちを伝えると、両角さんは嬉しそうに笑って「承知した」と言った。

「それより、今日は家飲み？　それともどこかに出かける？」

「そうですねー……家飲みかな」

「了解」

両角さんとケンカした時、初めて飲み過ぎて二日酔いになった私。それ以降、私の酒量はガクンと落ちた。

初めての二日酔いが相当辛かったというのもあるが、今はお酒を飲むよりも両角さんの側にいるだけで、気持ちが満たされるのだ。

だから最近では両角さんの部屋に入り浸って、半同棲生活をしている。

——あんなに晩酌が好きだったのに、嘘みたい……

もちろん大好きな居酒屋には今も通っているが、お酒は飲んだり飲まなかったり。

好きな人ができたことで、これまでの生活スタイルまで変わってしまった。

――でも健康にはいいに違いないし、結果オーライということで。

「ん？　何？」

黙り込んでいた私に気づき、両角さんが声をかけてくる。

「いえ。なんでもないです」

真顔でハンドルを握る両角さんを見ながら、ついつい顔が緩んでしまう。

結婚しても、いつまでも素敵なあなたでいて欲しい。

そう願わずにはいられない私なのだった。

猫かぶり御曹司と私のこれから

「はい、できあがり」

私は綺麗に『文庫』形に結んでもらった帯を寝室の姿見で確認して、小路さんにぺこっと頭を下げた。

「ありがとうございます！　すごい……小路さん、着付けもできるんですね。ほんと美容師のお仕事していないのが勿体ない……」

「はは。どうもありがとう」

帯を調整しながら、小路さんが嬉しそうに微笑んだ。

今日は、以前訪れた老舗の料亭で私と両角さんの結納が行われる。

そのために朝早くから両角さんのマンションに小路さんを呼んで、振袖を着付けてもらっている最中なのだ。

もちろん着付けの前に、メイクと髪も整えてもらっているので私の準備はほぼ完了。

「浅香さんが、結納で振袖を着ると聞いて驚きました。今は結納自体やる人が減ってますし、着物を着る人も少ないですからね」

道具を片付けながら、小路さんが微笑んだ。

「結納は、両角さんのお父様がやった方がいいんじゃないかって仰って。振袖は、成人式以来着てないから、せめて嫁に行く前にもう一度くらい着ろってうちの親がうるさくて……」

やれやれ、という気持ちで小路さんに笑顔を返す。

私はスーツでいいと思っていたのだけど、隣県から上京してくる親のたっての願いで、こうして再び小路さんに着付けとヘアメイクをお願いしたというわけだ。

それに、その話を聞いた両角さんが私の振袖姿が見たいと言うから。

――正直、着物は汚さないように気を使うからイヤだったんだけど、両角さんに見たいって言われたら断れないよね……。

これも惚れた弱みか、としみじみする。

「両角さん、準備できましたよ」

リビングで着付けが終わるのを待っていた両角さんに小路さんが声をかける。すると待ってましたとばかりに両角さんが寝室へやってきた。

彼は振袖姿の私を見るなり、口をあんぐり開けて固まった。

「……綺麗だ」

「着物がですか？」

すかさず突っ込む私に、両角さんが苦笑する。

「違うって！　いや、着物も綺麗だけど、美雨がすごく綺麗だ」

そう言って私を見つめる彼の視線が、なんだかキラキラしててこそばゆい。

「あ、ありがとうございます……」

私が着ている着物は、成人式の時に祖母が買ってくれたものだ。

エメラルドグリーンと白の綺麗な生地に、金糸銀糸で刺繍された大小の花がちりばめられている。成人式の後はまったく着る機会がなかったけど、私もすごく気に入っている着物だ。

「美雨の準備もできたことだし、ぼちぼち行くか」

両角さんは今日のために新調したという三つ揃いのスーツで、いつも以上に格好よく見える。

「小路さん、今日は本当にありがとうございました。っていうか、いつもありがとうございます」

私達と一緒に部屋を出てエレベーターに乗り込んだ小路さんに、再び頭を下げる。

なんだかんだで、小路さんには結構助けてもらっているな、としみじみ思った。

「いえいえ。また新しい日本酒入ったんで、近いうちにお二人で店に来てくださると嬉しいです」

「はい！　ぜひまた伺（うかが）います！」

エレベーターを降りてエントランスに向かう途中、小路さんが意味ありげに微笑んだ。

「今度頼まれるのは、結婚式のヘアメイクかもしれませんね」

「ありえるな、それ」

両角さんが真面目に頷くので、私も確かにと思ってしまった。

「じゃあ、結婚式の日取りが決まったら教えてくださいね」

満面の笑みを浮かべる小路さんに、私は両角さんと顔を見合わせ笑顔で頷いた。

「それではまた。店でお待ちしてます」

そう言って小路さんはマンションを出て行った。

その後ろ姿を見送り、何気なく両角さんを見上げると、何故かじっと見つめられている。

「……なんです？」

「いや、想像以上に和装が似合うと思って」

「そうですか？　ありがとうございます」

着物なんて普段着ないから似合うかどうかなんて自分では分からないけど、両角さんがそう言ってくれるなら少しは自信を持ってもいいかな。

思わず顔を緩ませる私の耳元に、両角さんが顔を近づける。

「本音を言えば、結納なんて放ってこのままベッドに行きたいくらいだ」

「……はっ⁉」

とても王子様の口から発せられた言葉とは思えず、眉根を寄せ彼を見上げる。

両角さんは横目で私を見ながらフッと笑った。

「なんてな。行くぞ」

「からかったんですか⁉　……もうッ‼」

駐車場に向かって歩き出す両角さんの背中を軽く叩くと、彼が私の方を見ずに「ホラ」と腕を出してきた。そんな彼の優しさにきゅんとする。

「……ありがとう」

ふざけていても、両角さんは着物でいつもより歩きにくい私のことを、ちゃんと気遣ってくれる。

彼の腕に自分の腕を絡めると、両角さんは私の歩幅に合わせてゆっくり歩いてくれた。

彼のこういったさりげない優しさが、めちゃくちゃ好きだ。

私は改めて、自分の中にある両角さんへの「好き」を再確認するのだった。


結納の会場は、以前佐伯親子と話し合ったあの料亭だ。

隣県から来てくれた両親はどう見ても場慣れしていなくて、最初はどうなることかとヒヤヒヤした。でも、社長も両角さんのお母様もすごく気を使ってくれて、だんだん場が和み最後の方は両親も楽しそうに会話を弾ませていた。そんな親の顔を見ることができて私も幸せだった。

——私、素敵なご家族のところにお嫁に行くんだな……

最初に結納をすると聞いた時は、「げっ、マジで」と思ったけど、今となってはやってよかったと心から思う。

両家の会食は和やかな雰囲気のままお開きとなり、私は両角さんの車で彼のマンションに向かっていた。

「美雨のご両親、今夜はこっちに泊まりだろ？　本当に一緒に泊まらなくてよかったのか？」

「はい。なんかこっちにいる友人と会う約束をしてるんですって。それに私、できれば早く振袖を脱ぎたくて……」

「部屋に戻ったら、俺が脱がしてやるよ」

その言葉通り、両角さんはマンションに着くなり、てきぱきと着物を脱ぐのを手伝ってくれた。

——ふー、楽……

長襦袢姿でほっと息をつく。帯を取っただけでだいぶ楽になった。

「……ん？」

その時、後ろから私のお腹に両角さんの腕が回される。

「美雨」

耳にかかる吐息がやけに艶っぽい。

——これはもしかして……そういうこと……？

すっかり気を抜いていた私は、急に雰囲気が変わった彼にドキドキする。

「あ、あの。ちょっと待ってください。もう少しで着替え終わるんで」

と言いつつ動揺で指が震え、なかなか腰紐が解けない。

その間に両角さんの唇が私の首筋に吸いついてきて、さらに私を落ち着かなくさせる。

「ちょ、く、くすぐった……これじゃ着替えができないっ……」

「俺が全部脱がしてやるよ」

そう言うなり、両角さんの手が腰紐を握っていた私の手に重ねられる。

「待って待って！　私、髪洗いたいから、先にシャワーをっ……」

「じゃあ、一緒に入ろうか？」

「えっ!!」

驚いて背後にいる両角さんを肩越しに見上げると、王子様みたいな顔で微笑んでいた。

――こんな時に、その笑顔はずるくない？

「もう……どうしたんです。らしくないですよ……？」

何気なく尋ねると、両角さんが私の耳朶に唇を押しつけて囁いた。

「……和服姿の美雨に欲情した」

「よくじょっ……!?」

慌てる私を、両角さんが後ろからぎゅっと抱き締める。

それが可愛くてまたキュンとしてしまう。

――こういう両角さんに、私、弱いんだよね……

その結果、私は長襦袢を身につけたままバスルームに連れて行かれた。

全裸になった私達は、シャワーに打たれながら何度もキスを繰り返す。

「んっ、ん……」

両手で顔を押さえられ、両角さんの舌が私の口腔で忙しなく蠢く。私もそれに合わせて舌を動かすけど、今日の彼はいつになく荒々しくてついていくのがやっとだ。

「美雨……」

唇を離した両角さんが、今度は私の下腹部に手を伸ばす。彼の長い指は敏感な蕾を掠め、そのまま蜜口の奥へと吸い込まれていった。

「あっ、ん……っ！」

両角さんの指が私の中をゆっくりと掻き回す。

その間、両角さんは胸の先を吸い上げたり舌を使ってそこを舐め転がしたりして、常に私に快感を与え続けていた。

「あ、あ、やあっ……」

軽い愛撫とキスだけで私の股間はすっかり潤い、すでに彼を受け入れる準備は整っている。両角さんもそれが分かっているのか、私と視線を合わせてニヤリとした。

「……ぐしょぐしょだ。これならもう入れそうだけど」

――そんなことをわざわざ確かめてくる前に、早く挿れて。

自分でもこんなことを思うなんて意外だった。でも、私も彼が欲しくて我慢できなかった。

「……っ、お願いだから、もう、挿れて……っ」

恥ずかしさを捨ておねだりした途端、両角さんの目の色が変わった。

「おねだりが上手になったな。そんなこと言われたら、こっちだって我慢できないっ……」

シャワーを止めバスルーム内にあらかじめ用意していた避妊具を素早く装着すると、両角さんは私の右脚を持ち上げ蜜口に屹立をあてがう。

――くるっ……

そう思ったのと、彼が私の最奥まで屹立を突き立てたのはほぼ同時だった。

「あっ、ああ……んっ……！」

挿入だけでお腹の奥がキュンキュンして、これだけでもうイってしまいそうになる。

「……っ、美雨、すげえ締まった……」

私の脚を持ち上げ、もう片方の腕で私を抱き締めながら彼が舌を出す。私は両角さんの首に腕を回し、出された舌に自分の舌を絡ませた。

「ん、んっ……！」

下から激しく突き上げられつつ、濃厚なディープキスを繰り返す。

蒸気が満ちたバスルームでのセックスはいつもより遥かにエロティックで、私達の興奮を煽った。

そのせいだろうか、あっという間に私の頭の中は靄がかかったように白んでいき、いつもより快感が高まるのが早いような気がした。

――だめ、もう……イくっ……

私はキスをやめ、彼の首に回した腕に力を入れる。

「あッ……ダメ、もうっ……イッちゃうっ……」

「いいよ、イけっ……！」

耳の側で発せられた吐息まじりの両角さんの声が、ダイレクトに腰に響く。その瞬間、快感が頂点に達し、私はビクビクと体を震わせた。

「んっ……!! ん……ああ……っ!!」

お腹の奥がキュンキュンと収縮し、屹立をきつく締め上げる。その途端、両角さんの口から「うッ……」という声が上がった。

私は彼の体にしがみついたまま、肩に額を預けてぐったりする。

両角さんは一旦私から自身を引き抜き、脱力したままの私の体をくるりと半回転させた。

「美雨、壁に手をついて」

「え？ こ、こう……？」

言われるままバスルームの壁に両手をつくと、両角さんが背後から体を密着させる。

「美雨……愛してる」

そう耳元で囁き、耳朶を甘噛みした。そのまま耳の中に舌を差し込み、中を丁寧に舐めていく。

「あっ……!!」

耳から伝わる快感にゾクッと体が震えた。たまらず上半身を反らすと、彼の手が私の頬に添えられ、顔だけ後ろを向かされる。

視界に入った両角さんの色っぽい表情に、激しく胸がときめいた。

　――好き。大好き。

「私も、愛して……」

　愛してる、と伝えたかったのに、最後の言葉は彼の口に呑み込まれてしまった。

　激しいキスで口腔に唾液が溢れ、クチュクチュという水音が頭に響く。

　その間、彼のもう片方の手は私の乳房を下から持ち上げて、先端を二本の指で摘まんだり、爪で引っ掻いたりした。

「あっ……んっ……」

　キスと胸への愛撫で、私の蜜口からじわりと蜜が溢れてくるのが分かった。

　――イッたばっかりなのに、また……

「……美雨の感じてる顔、エロいな」

　そう呟いた両角さんの声がどこか嬉しそうに聞こえる。

　両角さんは私の顔に添えていた手を股間に移動させた。二、三度繁みの奥を擦った後、つぷりと蜜口に指を差し込んでくる。

「あ、あ……」

「すごい……どんどん溢れてくる……」

　両角さんが指を動かす度に、ぐちゅぐちゅという音がバスルームに響き、羞恥心で顔が熱くなってくる。

に動かされた。

「なんで？　こんなに感じてくれて俺は嬉しいけど」

すると私の中を掻き回す指が増やされ、二本の指が私の気持ちいいところを探るよう

「んんっ……!!」

「どこが気持ちいい？　教えて、美雨」

「そんな、わかん、ないっ……」

二本の指で膣壁を擦られる度に、無意識に腰が揺れる。壁に手をついていなかったら、立っていられないかもしれない。

「は……あん……っ」

「じゃあ、これならどう？」

彼は中から指を引き抜き、私の体を自分の方へ向けさせた。そして私を壁に寄りかからせると、自分は膝立ちになり私の股間に顔を近づける。

「ちょっと待って……」

咄嗟（とっさ）に彼の頭を手で押しのけようとする。だけど彼は私の抵抗をものともせず、敏感な蕾（つぼみ）に舌を這（は）わせた。

「はあんっ……」

舐められた瞬間、強い刺激がピリリと電気みたいに全身を流れ、私はたまらず体をくねらせる。

「やあっ!!　そこだめっ……!!」

「ここ気持ちいい？　舐めるのと吸うの、どっちが好き？」

股間で喋られると吐息が蕾に触れて、それだけでまたビクッとする。

「そこで喋らなっ……あっ、あ……!!」

私が返事をする前に、蕾を強く吸い上げられる。

その強すぎる刺激に、理性が吹っ飛びそうになった。

――もう、ダメ……またイッちゃ……

「……っ、やあ……もう……」

お腹の奥がキュンキュンしまくっている。その間も、彼はじゅるじゅると音を立てて私の蕾を吸い上げたり、舌で舐ったりを繰り返す。

「すご……まだ溢れてくる」

股間から顔を上げた両角さんは、蜜口に指を入れゆっくりと動かす。多量の蜜を纏った指は、するっと簡単に奥まで達してしまう。

「やっ……あ、はあっ……」

股間もとろとろだけど、それ以上に私の頭の中もとろとろだ。

両角さんは指を何度か出し入れした後、私に見せつけるみたいに、たっぷり蜜の絡んだ指を舐めた。

そんな彼の行動に、私は激しく欲情する。

ドキドキしながら両角さんを見つめると、彼と目が合った。

「欲しい？」

私を見上げる彼の顔は、格段に艶っぽさを増しているように思う。

見つめられるだけで、私の情欲をさらに刺激する。

――彼が欲しい。

「欲しい……です」

欲望に逆らわず素直に頷くと、彼の口元に笑みが浮かぶ。

しかし両角さんは、私の股間に手を伸ばし、再び指で蕾を弄り始めた。

不意打ちの刺激に、私の腰がビクンと大きく跳ねる。

「あ‼　やあっ、もう……っ」

「ごめん。美雨の反応が可愛いかったから、つい。でも、俺ももう限界」

そう言いながら立ち上がった両角さんが、私の下腹部に硬くなったものを押し当てた。

その存在感に私の胸がドキンと高鳴る。

――すごく、硬い……

これが今から私の中に入るんだと思うと、興奮とわずかな緊張が私の体を駆け巡った。

彼は屹立を私の蜜口に押し当てると、すぐにそれを私の中に沈めていく。

「あっ、んう……」

一気に最奥まで突き上げられて、はっと息を呑む。

「……やべ、あんまりもたないかも……」

両角さんがまだ動かずに息を吐き出しながら、ぎゅっと目を瞑る。

彼も私で気持ちよくなってくれているのが伝わってきて、嬉しかった。

私は彼の脇の下から手を差し込み、逞しい肩にしがみつく。

それを合図と受け取ったのか、両角さんが腰をグラインドさせ始めた。

最初はゆっくりと奥まで挿れて、すぐに浅いところまで引き抜くというのを繰り返す。

だけどその動きは、すぐに激しいものに変わる。

短いスパンで何度も強く突き上げられ、私は何も考えられなくなっていった。

「あっ……あ……ああっ……!!」

抽送だけでもいっぱいいっぱいなのに、彼の手はさらに私の体を愛撫していく。

空いた手で乳房をぐちゃぐちゃに揉みしだかれ、先端を強く指で摘まれると、たまらず私の背中が大きく反ってしまう。

「あっ!!」

「可愛い反応……」

その反応に気をよくしたのか、両角さんが胸の先端を執拗に攻めてくる。片手で乳房を揉みながら、もう片方の先端を舐ったり吸ったり、たまに甘噛みしたり。その度に、私の口から切ない嬌声が漏れた。

「ん、うっ……だめ、もう……」

「イきそう……? 俺も、もう……」

私の腰をグッと掴んだ両角さんが、腰の動きをさらに速くした。

パン、パンという体のぶつかる音がバスルームに響く。その間隔が徐々に短くなってきたことで、彼の絶頂が近いことをなんとなく悟った。

もちろんそれは、私もだけど……

「んんっ……はあ……きもち、いいっ……」

言葉を口にするのもやっとだった。

「美雨っ……」

両角さんが角度を変えて私の最奥を突き上げてきた。

それがさらなる快感となり、私の絶頂までの距離を縮めていく。

「んんっ……!!」

彼にしがみついたまま目を閉じ、お腹の奥で両角さんの存在を感じる。

こうして彼と深く繋がれることが、すごく幸せだ。

激しく突き上げられながら喜びを噛み締めていると、彼の動きが速まった。

それに伴い、私の二度目の絶頂もすぐそこまできていた。

「ん、あっ……やあっ、もう……」

ぎゅっと目を瞑り声を絞り出すと、両角さんからも苦しそうな呻き声が漏れる。

「……っ、俺も、イくっ……」

「はあ……あっ……!!」

目の奥で、パチンと何かが弾けたような気がして、私の体からガクンと力が抜ける。

それと同時に、両角さんが私の最奥を強く突き上げた。

「んっ……は……!!」

短く声を発した後、体を痙攣させた両角さんは、息を乱して私に体重をかけてきた。

その重みがなんだか嬉しくて、私は呼吸を整えながらつい頬を緩ませる。

何度かキスを繰り返した後、私達はバスルームを出て寝室に移動した。

両角さんは、まだ満足していないとばかりにベッドでも私を抱いた。

何度目かのセックスを終えたところで、さすがに私の体力が限界に達し、彼に休憩を願い出る。

ベッドでぐったりしている私の横で、両角さんは枕に肘をついてこっちを見ていた。

「美雨、あんま体力ないよな」

何気なく言われた言葉に反応し、私は思わずよろよろと上体を起こした。

「何言ってるんですか、私は普通です……!!　両角さんに体力がありすぎるんですよ！」

「そうか？　今週は忙しくてあんまり美雨とイチャイチャできなかったから、溜まってたんだよ。美雨だって気持ちよかっただろ？」

「それは、確かに……気持ち……よかったですけど……」

もごもごと素直な気持ちを口にすると、両角さんが綺麗な顔でにっこりと微笑んだ。

「正直で可愛いな、美雨は」

嬉しそうな両角さんに頭をくしゃっと撫でられる。

まったりした雰囲気の中、私は最近思っていたことを聞いてみることにした。

「会社で、前より王子様キャラ抑えめにしてますよね？　周囲の反応はどうですか？」

「特に変わらない。これだったら素を出しても気づかれないかもな」

「いや、それはないと思いますけど……」

あのキラキラ王子様と素の両角さんとの違いに、周囲が気づかないなんてことは絶対にない。

そんなことを考えていたら、両角さんが私の手を握ってきた。

「昼頃ショップから連絡がきた。頼んでた指輪が仕上がったからご来店お待ちしてますって」

「そっか、指輪……楽しみだな」

「俺も。妻がいるという証を常に身につけられるっていうのは、いいよな」

そう言う両角さんがすごく嬉しそうな顔をするので、私もつられて微笑んだ。

「ですね。私もそう思います」

「それに結婚指輪をしてれば、女も寄ってこないだろう」

「……あはは」

——それはどうかな……

そう思ったけど、敢えて口には出さなかった。

この先もきっと、両角さんは女性にモテると思う。

結婚して、指輪を嵌めていてもまだ女性が寄ってくるようなら、それはその時考えよう。

また今回みたいなことが起きても、私はもう彼の側を離れるつもりはない。彼を一生支えていくという私の決心は、ちょっとやそっとでは揺らがないと確信している。

——周囲の皆さんには申し訳ないけど、そのうち王子様キャラは封印してもらおう。

それで、たまーに私の前でだけ、王子様になってくれると嬉しいかも。

彼の顔を見つめ、そんなことを考える。

「……ん？　何？」

「ううん、なんでもないです」

これはまだ私の中に留めておいて、いつか彼に伝えてみようかな。

私は不思議そうに私を見つめる両角さんに向かって微笑むのだった。

書き下ろし番外編

猫かぶりを止めた御曹司と私の新生活

結婚して両角美雨となった今でも、私は変わらずM・Oエレクトロニクスに勤務している。部署も同じ人事部だ。

私としてはこれまでと何も変わることなく、淡々と仕事をこなしているつもり。でも、周囲の人が私を見る目は、どうやらこれまでと少々違うらしい。そのことに最近気がつき始めた。

「両角さん、これ例の書類です。内容もチェックしてあります」

私よりも二年ほど後輩の女性社員がデスクにやってきた。何故か緊張の面持ちで。

——なんで彼女は、顔を強ばらせているのだろう？

疑問に思いつつ、差し出された書類を受け取る。

「どうもありがとう。あと、さっき問い合わせがあった中途採用の件、忘れないうちに部長に……」

書類をチェックしながら何気なく彼女を見ると、何故か顔を真っ青にして震えていた。

「もっ……申し訳ありません!!　今、すぐに部長に報告します!!」

「え？　いや……今すぐでなくても大丈夫だよ、部長さっき戻ってきたばかりで、今電話中だから……」

あまりに怯える彼女の様子にポカンとしてしまう。でも、私がこう言っても彼女の耳には届いていないようだ。すぐに深々と私に一礼して、一目散に席へ戻って行った。

「……えっと……」

——私、彼女になんかしたっけ？

首を傾げつつ、自分の仕事に戻る。だがしかし、よくよく考えてみたら、ここ数日あまり面識のない人や、最近疎遠だった人から声をかけられることが増えた。

つまりさっきの彼女だけでなく、周囲の私を見る目が大きく変わってきている、ということなのだろうか……？

疑問に思っていることをランチのときに荒井さんにぶつけてみると、あっさり肯定されてしまった。

「当たり前じゃない。今頃気づいたの？」

「今頃気づきました……」

屋上で山口さんを交えた三人でお弁当を食べながら、私は青空を仰ぐ。

「そりゃあ、あなたは今や次期社長の妻なんだもの。嫌がらせなんかして悪い印象持たれたら、この会社に居づらくなるのは間違いないだろうし。普通の感覚を持つ人だったらあなたに対して当たり障りなく接しようとするわよね」

こう言いながら荒井さんが食べているのは、近くの弁当店で購入したおにぎりだ。具は高菜とじゃこらしい。

「そんな……央さんと結婚したからって、私の中身はなんにも変わっていないのに……」

がっくり項垂(うなだ)れる私に、山口さんが「大丈夫よ」と声をかけてくれる。

「別にみんながみんな次期社長の奥様に怯(おび)えてるわけじゃないわよー。中にはあの両角さんを射止めた女性だって美雨ちゃんに一目置いてる人が結構いるみたいだし。特に若い女性社員からは、かなりリスペクトされてるっていう……」

山口さんが教えてくれた情報に、沈みかけた気持ちが一気に上がる。

「ええ？　それ本当ですか？　だったらもっとそれらしく接してくれればいいのに！」

「うふふ。きっと今日の女性社員は美雨ちゃんを前に緊張しちゃったんじゃない？」

自作の野菜中心ヘルシー弁当を食べている山口さんは、現在妊娠七ヶ月。体調も安定しているので、今のところ産休に入るギリギリまで勤務する予定なのだそう。

――山口さんが産休に入ったら、寂しいなあ……

もうちょっと先のことだけど、今からすでに彼女のいない毎日に耐えられるか不安でいっぱいだ。

「それより、今日の美雨のお弁当の中身、それ……何が入ってるの？」

荒井さんにお弁当箱の中を覗き込まれる。今日の私のお弁当は、家にあったものを適当に詰めただけの簡単なものだ。

ちなみに両角さんと結婚した今、私は山口さんと荒井さんから名前で呼ばれるようになった。これはこれで、結構嬉しい変化だった。

「え、これは……笹かまぼこに牛タン、それとこの黒っぽいのは鮒の甘露煮で……」

「鮒⁉　なんで鮒⁉」

荒井さんが驚きの声を上げる。

「え？　これも央さんのお土産なんだけど……最初は私もびっくりしたけど、食べてみると甘辛くてご飯に合うよ？　長野のお土産だったかな。長野だとイナゴの佃煮もあるよね。あれもね意外と美味しいのよ」

その鮒をパクッと口に運び、もぐもぐ咀嚼する。そんな私を見て、荒井さんが唖然とする。

「……美雨って、すごいわよね……前も結構好みが分かれる、どこかの珍味を平気でぱくぱく食べてたし。私、両角さんが美雨を選んだのは、実はこういうところなんじゃないかなってたまに思う……」

「あはは。私もそう思うわ」

山口さんが同意するように、笑顔で何度も頷く。

「あ、そうだ。荒井さん、この前マッチングアプリで知り合った人とデートだって言ってたけど、どうだったんですか？」

ずっと気になっていたことを聞くと、おにぎりを頬張っていた荒井さんが分かりやすく顔を曇らせる。

「それが……条件とかはよかったんだけど、実際会ったら何かが違うなって……たぶん、もう会わないと思う……」

「そっかあ……でも、荒井さんならきっとすぐいい人見つかるよ！　美人だし……」

すかさずフォローしたら、何故か彼女が身を乗り出し、私に鋭い視線を送ってくる。

「じゃあ!!　あなたがいつも行ってるバーのマスター、紹介してよ」

「え？　小路さんのこと？」

まさかここで小路さんの名前が出てくるとは。虚を衝かれて箸を持つ手が止まる。

「私が最近見た中で、両角さんと同じくらい素敵な人って彼くらいしか思いつかないのよねえ……美雨、よく行くならあの人に彼女がいるとか、聞いたことない？」

「うーん、小路さんに彼女がいるとか……聞いたことないんだよね。あの人ほんと、自分のこと語らないし。それに、私、最近一人であのバーに行くのはやめてるんだよね」

「？　なんで？」

すかさず山口さんに尋ねられてしまう。

理由を話すのが少し恥ずかしくて、つい小声になる。

「いやその……小路さんイケメンだから、央さんが二人きりになるのあんまりいい顔しなくて……」

「あー、なるほどね」

満面の笑みで納得してくれた山口さんに、つい肩を竦めた。

荒井さんに言われたから考えてみるけど、バーのマスターなのに元美容師とか、彼には謎が多い。結局どうして美容師を辞め今の仕事をしているのかも分からないし。

以前、央さんなら知っているかもしれないと思い聞いたことがあるのだが、彼もその辺について詳しくは知らないと言っていた。

「知りたいなら荒井さんもあの店に通うといいよ。常連になれば、もしかしたら話してくれるかもしれないし」

「分かった。通うわ」

即答されて噴き出しそうになる。

「荒井さん即答……」

口元を押さえて笑っていると、私の隣にいる山口さんも口を押さえ肩を震わせていた。

そんな私達の反応に、荒井さんは顔を赤らめて「だって!!」と吠える。

「みんな結婚しちゃったから寂しいんだもの！　私だって結婚したいのよ!!」

荒井さんの悲痛な心の叫びが、昼休みの屋上に響き渡ったのだった。


央さんと住むマンションに帰宅した私は、夕食を作る前、日本酒コレクションの前に座り込んでいた。

今、視線の先にあるのは、この前央さんが長野に行った時にイナゴの佃煮（つくだに）や鮒（ふな）の甘露煮（かんろに）と共に買ってきてくれた日本酒だ。無農薬で育てた酒米（さかまい）を原料にしたこのお酒は、ふくよかな香りが特徴。お勧めの飲み方は冷やだと央さんが教えてくれた。

「……飲みたいな……」

以前より酒量がぐんと落ちた私だが、どうしてもたまにお酒を飲みたい気分になる時がある。

瓶を手にし、ラベルに穴が開くんじゃないかってくらい凝視する。

でも、これを央さんが買ってきてくれた時、二人で一緒に飲もうと約束したことを思い出し、グッと欲望を抑えた。

――我慢しなきゃ……約束、約束……!!

だけど、最近央さんの帰りが遅くて、二人でゆっくりお酒を飲む時間がない。そのことを思うと、せっかくの決意が揺らぐ。

「……飲んじゃおうかな」

でも央さんにバレたら怒られるかな。いや、怒りはしないだろうけど、きっと不機嫌にはなるな。それはそれで後々面倒だ。でも——

「ちょっとだけ、なら」

まだ央さんが帰って来るには早い。少しだけ飲んで冷蔵庫に入れておけばきっと気づかれないはず……!!

私は素早く蓋を外すと、キッチンに移動しコップに日本酒を注いだ。

「いっただっきまーす！」

一口目は少しだけ口に含み、確かめるように味わった。口の中に広がった爽やかな香りと味に、思わずため息が出る。

「うわー、すっごくフルーティ……!!　飲みやすい!!」

これはいくらでもいけちゃうなー、なんて思いながらコップでごくごく飲む。でも夕食の支度もしないといけないので、つい飲みながら作業を進めた。

はっきりいってこんな姿、央さんに見られたら絶対呆れられる。

「でも、やめられないんだなあ、これが」

いい感じで酔いも回ってきて、気分は最高だった。だがしかし気分が良かったのはここまで。

私がコップを持ったまま何気なく振り返ると、何故かそこにスーツ姿の央さんが立っていて、飛び上がりそうなほど驚いてしまった。

「⁉　なっ、央さん⁉　なんでそこに……‼　ていうか今日帰ってくるの早……⁉」

急いでコップを作業台に置き、背中で一升瓶を隠す。

央さんは慌てふためく私を不可解そうに眺めていた。

「なんでって……最近帰るの遅かったから、今日はキリの良いところで仕事切り上げてさっさと帰宅しただけなんだが……まるで幽霊でも見たかのような驚きっぷりだったな」

「いやだって、物音が全然しなかったから」

「意図して気配を消していたわけじゃないんだが……ん？　美雨、もしかして酒飲んでたのか」

――ヤバっ
「えっと、その……ちょっとだけ？　飲んでました」

央さんならきっと気づくかなと思ってはいた。けど、こんなに早くバレるとは。

私がタラタラと冷や汗を流していると、央さんが私に顔を近づける。

「顔ももうほんのり赤いし……今日は何を飲んでたんだ？」

――マズい。これは非常にマズい。

「それはですね、あの……」

私が後ろ手に隠している一升瓶。その存在に央さんが気づく。

「美雨、お前……後ろに隠してるのはなんだ」

「ひっ!! な、なんでもな……」

しかしこれがまずかった。明らかに狼狽したせいで、彼は私がこの一升瓶を隠したがっている、という事実に気がついてしまったらしい。

「……美雨。大人しく後ろ手に隠している物を出しなさい。大人しく出せば何もしないであげる」

いきなり真顔になった央さんに、恐怖心が募る。それに、何もしないって何。

「あの……大人しく差し出さなかった場合は、どうなりますか」

「この場で抱く」

真顔で言われ、驚愕する。

「はっ!? な、なに言って……!!」

夫婦だけど、そんなこと言われたら照れてしまう。私が後ろに回していた手で頬を押さえると、その瞬間彼が私の背後にあった一升瓶を素早く奪取した。

言葉で私を混乱させておいて、目的を達成する。その俊敏な動きに呆気にとられてしまった。

「ひ、卑怯な手を……!!」

「どこがだよ。ていうかこれ……」

央さんが一升瓶のラベルを見て、ようやく私が必死でこれを隠そうとしていた理由を思い出したようだった。

「この前俺が買ってきたやつだよな？　一緒に飲もうって言って……だから隠してたのか？」

そこまでバレたらもう隠すことは何もない。私は素直にこっくり頷いた。

「一緒に飲みたいなって思ってたんだけど、央さん最近帰って来るの遅くてなかなか晩酌できないから、我慢できなくて……ちょっとだけ飲んじゃおうかなって」

「ちょっとだけえ？」

央さんが私のコップに半分ほど注がれたお酒を見て、眉根を寄せる。

「これのどこがちょっとだよ。お前、もう二杯近く飲んでるだろう」

「うっ。バレてる」

さすが央さん。私の行動などすべてお見通しか。

「まったく……別に隠れてこそこそ飲まなくても堂々としてればいいのに。そんなことで怒ったりしないよ」

未だ呆れ顔の央さんは、ようやく着ていたジャケットを脱いでネクタイを緩める。

「えー、でも前一緒に飲もうって約束してたお酒を私が飲んじゃった時、すごく怒ったじゃないですか！」

過去のことを持ち出したら、央さんの顔が曇る。

「それはお前が一升瓶全部飲んじまったからだろうが。今回はまだ半分以上あるし、いいさ。でも、俺も飲むよ。今日は久々に美雨と一緒に酔いたいしな」

「本当に……？　よかったー、やっと央さんと晩酌できる」

ホッとして胸を撫で下ろしていると、呆れ顔から苦笑いに変わった央さんが近づいてきた。

「ていうか……今晩は美雨も欲しいな。晩酌の前にどう？」

「は⁉」

ニヤリとしながら、央さんが腰に腕を回してくる。

さっきまでのふざけたやり取りから、いきなりこれだ。あまりの変わり身の早さにこっちは対応ができない。

「ちょ……も、もう？　お腹空いてないの？」

「んー？　空いてるけど、今は美雨で満たされたいな」

ぐいっと腰を引き寄せられ、唇にチュッと触れるだけのキスをくれる。こんな甘い言葉を吐かれたら、私も今はお酒じゃなく、央さんに酔いたい……かな。

いや、もうお酒で酔ってもいるけどね。

「うん……私も」

照れながら頷くと、嬉しそうに微笑んだ央さんは私を連れ、そのままベッドに移動した。

そして この夜。私と央さんは、お酒よりも甘く、蕩(とろ)ける夜に酔いしれたのだった。

恋愛小説「エタニティブックス」の人気作を漫画化!
EC
Eternity COMICS
原作◆加地アヤメ
漫画◆権田原
僧侶さまの恋わずらい
貴女はこんなにお綺麗なのに
平凡な日常をこよなく愛する二十九歳の花乃は、のんびり独身生活を満喫中。そんなある日、法事に訪れた美貌の僧侶・支倉にいきなり求婚され、日常が一転する。どんなに完璧だろうと、出会ったばかりの人と結婚なんて絶対無理…!! 驚いてプロポーズを断る花乃だったが、麗しい笑みを浮かべた支倉に諦める気配は一切ない。それどころか、甘く強引なアプローチは加速して——!?
B6判 定価：704円（10%税込） ISBN 978-4-434-28511-0

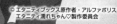

本書は、2019年7月当社より単行本として刊行されたものに、書き下ろしを加えて文庫化したものです。


この作品に対する皆様のご意見・ご感想をお待ちしております。

おハガキ・お手紙は以下の宛先にお送りください。

【宛先】

〒150-6008 東京都渋谷区恵比寿4-20-3 恵比寿ガーデンプレイスタワー 8F
(株) アルファポリス　書籍感想係

メールフォームでのご意見・ご感想は右のQRコードから、
あるいは以下のワードで検索をかけてください。

ご感想はこちらから

エタニティ文庫

猫かぶり御曹司の契約恋人

加地アヤメ

2021年4月15日初版発行

文庫編集－熊澤菜々子・倉持真理
編集長－塙綾子
発行者－梶本雄介
発行所－株式会社アルファポリス
〒150-6008 東京都渋谷区恵比寿4-20-3 恵比寿ガーデンプレイスタワー8F
TEL 03-6277-1601（営業） 03-6277-1602（編集）
URL https://www.alphapolis.co.jp/
発売元－株式会社星雲社（共同出版社・流通責任出版社）
〒112-0005 東京都文京区水道1-3-30
TEL 03-3868-3275
装丁イラスト－すがはらりゅう
装丁デザイン－ansyyqdesign
印刷－中央精版印刷株式会社

価格はカバーに表示されてあります。

落丁乱丁の場合はアルファポリスまでご連絡ください。

送料は小社負担でお取り替えします。


ISBN978-4-434-28764-0 C0193